Fiction & Cie

Patrice Pluyette

FILM FANTÔME

roman

Seuil

*57, rue Gaston-Tessier, Paris XIXe*

COLLECTION
« Fiction & Cie »
fondée par Denis Roche
dirigée par Bernard Comment

**Bande originale de *Film fantôme*
disponible en fin de volume.**

Pour l'écriture de ce roman, l'auteur a bénéficié
d'une bourse du Centre national du livre.

Occitanie Livre & Lecture a accompagné l'auteur de cet ouvrage
par une bourse d'écriture
(financement Région Occitanie / Pyrénées-Méditerranée,
DRAC Occitanie).

Pour la citation en exergue : Julien Gracq, entretien mené
par Noël Herpe et Michka Assayas, « Les dernières confidences
de Julien Gracq », *Le Nouvel Observateur*, n° 2254,
17-23 janvier 2008, p. 98-101.

ISBN 978-2-02-152419-2

www.seuil.com

Le roman ne doit jamais faire voir, il est lui-même vision.

Julien Gracq

CHAPITRE 1

Historique de navigation

Renaud cherche Angélique. Voilà comment tout commence. Il la cherche avec fougue, élan, énergie.

C'est une histoire qui démarre sur les chapeaux de roue sauf que Renaud se tient sur un cheval et pas dans une voiture, la selle du cheval serrée autour de ses flancs brûlants. Les pieds dans les étriers n'arrêtent pas de frapper du talon le ventre de l'animal et la voix de Renaud encourage la monture à aller encore plus vite, à souffler, à faire sortir de la buée de ses naseaux, à baver (comprenez : la bête est contente de se dégourdir, elle ne souffre pas).

Ses bras guident la course entre les arbres, là ce sont des bouleaux. Le choix des bouleaux c'est mon idée, à cause de leur couleur blanche qui prend bien la lumière. J'insiste sur les couleurs dans cette ouverture. Elle doit emporter le spectateur, le décoller littéralement de son fauteuil.

J'aime l'action. Je pourrais réaliser un film d'amour, un film érotique mais ce que je préfère c'est l'action, quand ça bouge : l'aventure. Là c'est un film de chevalerie dont je m'apprête à vous raconter le tournage et l'histoire, avec du mouvement, des rebondissements. Et une trame solide.

Le livre dont je m'inspire : *Roland furieux* de Ludovic Arioste. On n'est pas obligé de le connaître ni de l'avoir lu pour voir mon film, au contraire. Je travaille en sorte que mes images se suffisent à elles-mêmes, pour prendre le public par surprise. Après un succès mondial de plusieurs siècles, ce chef-d'œuvre italien de la littérature médiévale, écrit et publié à la Renaissance (1516), est aujourd'hui tombé presque dans l'oubli. Pourtant aucun autre livre ne me paraissait plus vivant quand j'ai commencé à le feuilleter pour la première fois. Je me retrouvais dans l'histoire, folle, drôle et imaginative tout en restant classique ; j'aurais voulu l'avoir écrite. Je me reconnaissais dans les personnages, fragiles sous des dehors héroïques, très contemporains dans leurs préoccupations, jusque dans leurs prénoms (Gérard, Lionel).

Italo Calvino a réécrit cette épopée versifiée en roman, ou plutôt l'a racontée à sa façon pour la littérature et ça donne une vision très moderne de l'original. J'ai eu un coup de foudre à la lecture des deux textes. Le premier, celui de l'Arioste, est foisonnant de personnages, de références culturelles ; le second synthétise, permet d'y voir plus clair. À mon tour j'ai voulu faire quelque chose. Je me suis dit que je pouvais adapter l'histoire au cinéma, car c'est mon mode d'expression le plus naturel. En m'inspirant des deux versions écrites, au contenu similaire mais de formes différentes, j'en inventerais une troisième. Je donnerais une variante et même une sorte de suite personnelle à *Roland furieux* (l'Arioste ne l'avait-il pas fait à partir de *Roland amoureux* de Boiardo ?).

Bien sûr j'avais le trac. Un bon livre n'est pas qu'une bonne histoire, c'est un langage, une atmosphère que seuls les mots peuvent créer. Pour cette raison un bon livre ne fait pas toujours un bon film. L'image peine parfois à se hisser à la hauteur du langage et des multiples procédés de narration qu'il offre. Mais j'y croyais. Je croyais au caractère visuel de *Roland furieux*. Et à son rythme endiablé, qui en ferait une affaire spectaculaire où chacun dans la salle obscure serait continuellement happé par l'écran, avec des décors extérieurs à couper le souffle, des combats impitoyables, une qualité d'image géniale – une façon de filmer révolutionnaire ? Bref, un bon film. Je ne dis pas un chef-d'œuvre. Mais un film intéressant. Qui tiendrait la route, ferait des entrées et dont je pourrais être fier. Le livre a été un best-seller, alors pourquoi pas le film ? Sa perte de popularité me permettrait, qui sait, de créer la surprise. Dans mes rêves mégalomanes, j'allais même jusqu'à penser que l'Arioste avait rédigé son livre spécialement pour moi, pour que je lui donne une seconde vie. J'imaginais l'auteur au-dessus de mon épaule, à me souffler de continuer, à m'encourager en souriant. Car du courage, pour faire un film, il en faut. C'est pas le tout de vouloir, encore faut-il pouvoir. Mais ça c'est une autre histoire.

Disons alors pour bien faire voir la scène liminaire de mon film qu'un cheval est au galop dans des bois aux troncs blancs, ses sabots soulèvent des mottes de terre brune, des tapis de feuilles rougeâtres car j'ai décidé que nous étions à la fin de l'automne, début décembre pour être exact, quand les feuilles dévitalisées n'ont pas eu le temps de se décomposer et que le spectacle contient une tension dramatique ; sur l'animal se trouve un personnage de sexe masculin, de belle apparence et jeune, la vingtaine (l'acteur, lui, est un peu plus vieux), fort, vaillant, comme pratiquement tous les êtres humains que nous allons croiser dans cette aventure (c'est une aventure de jeunesse, vive et tonifiante). Ce personnage répond au prénom de Renaud, donc.

Renaud, historiquement : neveu de Charlemagne, cousin de Roland et chevalier extrêmement respecté, disons que selon moi dans le classement mondial des chevaliers de l'époque il arrive quatrième. Quatrième, vous comprendrez que ce n'est pas premier, ce qui dans mon casting a pesé : il est beau de visage, brun mais pas parfait, légèrement transpirant, joufflu, et ses joues ont tendance à rougir sous l'effort. On lui trouve également quelque chose de bourru dans le comportement, de raide, disons de psychorigide. De tous les chevaliers c'est le plus lisse de caractère, le moins hystérique, cultivant un certain retrait sauf ici puisqu'on ne voit que lui. Mais son rôle est important, vous jugerez par vous-même. Il cherche une femme qu'on imagine jeune aussi s'appelant Angélique. Renaud est si pressé qu'il semble poursuivi plutôt que poursuivant et d'une certaine façon c'est aussi le cas. Tout le monde poursuit tout le monde. C'est une affaire de vitesse.

L'action se déroule au début de l'après-midi. Là aussi la précision vient de moi. Or un détail interpelle : dans ce genre d'histoires où il est question de chevaliers et de princesses pleins de sève qui se courent les uns après les autres dans la nature plus ou moins hostile, la mention du repas de midi n'est pour ainsi dire jamais abordée. On connaît bien ceux du soir (ripailles, feux de camp, festins dans les hautes salles de châteaux humides), moins ceux du midi, qui peuvent être pris à quatorze ou quinze heures, sur le pouce ou lors d'une vraie pause. De toute évidence s'agit-il pour l'occasion de repas rapides, rations de survie ou pâté, saucisson, biscuits, car vous l'ignorez peut-être mais nos personnages sont en guerre, et en guerre, le midi, on ne se sustente pas forcément, on cherche surtout à sauver sa peau. Il se pourrait alors que dans la scène qui se joue devant nous, ni Renaud ni Angélique (qu'on ne voit pas mais qui doit bien se trouver quelque part) n'aient déjeuné – ont-ils seulement petit-déjeuné ? – et cette donnée corse un peu le drame. J'aimerais en effet vous y voir, à jeun, dans le froid, sur un cheval qui s'ébat dans les bois (et qui, lui, a bien mangé), ou à pied en train de courir. Car oui, il fait froid, enfin pas très chaud. Et le ciel dégagé ne relève que timidement les contrastes de couleurs. Mais laissons là ces considérations d'ordre pratique et passons à un plan plus large.

Dans un plan plus large ce n'est plus seulement Renaud qu'on voit sur un cheval, c'est la nature autour de Renaud, la nature autour de la nature. Et dans cette nature, à un mille et demi de Renaud, Angélique entre dans le champ, au galop sur son beau cheval bistre. C'est la même description que pour Renaud, c'est la même direction de course mais en fille, en jeune fille, en demoiselle. C'est vrai qu'elle est très belle et qu'elle monte bien. L'actrice a pratiqué l'équitation dans son enfance, donc possède des bases. Angélique, on doit avoir envie de la serrer dans ses bras et de la combler de bonheur, que jamais non jamais ne lui arrive un malheur. Elle est revenue de son royaume de Cathay en Chine où elle est princesse, uniquement pour rendre jaloux et même fous d'amour tous les chevaliers de France, juste pour cela. En y réfléchissant bien, elle n'a rien à faire en France. Ses qualités physiques nombreuses la rendent séductrice, manipulatrice, enfant gâtée, jamais contente. Un peu chiante. Et il y en a que ça rebuterait (moi par exemple : je n'aime pas les filles qui se savent belles). La comédienne a donc été choisie selon ces critères-là. Angélique sème à ce point la discorde dans les cœurs des combattants des deux camps, Sarrasins et chrétiens, que Charlemagne a dû l'emprisonner pour la promettre au chevalier du jour qui se sera le mieux battu. Mais elle a profité d'une défaite de l'armée française pour s'évaporer dans la nature et errer à la recherche du véritable prince charmant.

Donc au moment où je vous parle, elle est en fuite, là, sous nos yeux. Lorsqu'on est en fuite on est forcément moins tranquille que quand on est libre (plus vigilant, nerveux, etc.). Je tiens à ce que le malaise d'Angélique soit perceptible à travers son attitude, son air, comme globalement chez la plupart des héros de l'histoire : tous en mouvement, en devenir, en train de courir fiévreusement après un destin qui leur échappe. Voilà l'impression que je souhaite faire ressortir du film : l'absurdité d'un monde qui nous dépasse et que nous tentons de contrôler depuis la nuit des temps. D'où le choix du Moyen Âge qui aurait pu être celui de l'Antiquité ou même de la préhistoire : l'être humain ne change pas. L'époque sert d'exemplarité. C'est toujours quelqu'un face à la vie, à la mort, à lui-même et aux autres, écrasé par le doute, en quête d'un sens. La condition humaine, quoi. Rien de nouveau sous le soleil. Mais aujourd'hui tout a déjà été écrit, c'est juste la manière qui change.

La manière, justement : un plan plus large encore montre à la fois Renaud et Angélique galopant. Et les voilà qui passent au bord d'une rivière. Et les voilà qui ralentissent l'allure. Au bord de cette rivière se trouve un individu un peu louche, grand, large d'épaules, aux mouvements maladroits, dont le regard quand il sera de face laissera croire qu'il n'est pas très vif alors que pas du tout, ce n'est qu'une impression, il y a des gens dont la vivacité d'esprit se dissimule parfaitement derrière des yeux mornes. Il cherche apparemment à repêcher quelque chose (son casque) dans la rivière à l'aide d'un grand bâton de charme qu'il tend au-dessus de la surface et plonge dans l'onde pas loin d'être gelée.

En entendant les bruits de sabots lourdement frappés sur le sol il se retourne et reconnaît Angélique à sa chevelure flamboyante, entre le roux et le blond vénitien (j'y tiens), bouclée, épaisse, qui vole dans le vent de la course, Angélique dont la trajectoire va entrer dans son espace. Il s'interpose et fait mine de vouloir croiser le fer avec Renaud qui aurait pu ne pas descendre de cheval et continuer sa course mais bon, Renaud est un chevalier et comme nombre d'entre eux, son devoir lui dicte de faire honneur à tous les obstacles qui jalonnent son chemin, voire de les rechercher, ces obstacles, de les provoquer, ça je n'ai jamais trop compris. Il laisse donc Angélique prendre de la distance et commence à se battre en duel avec l'individu qu'il reconnaît comme étant Ferragus, un guerrier isolé et pas peu couard, porté sur l'alcool et la vie décadente, ce qui explique ses kilos en trop alors que Renaud serait plutôt du genre sportif de haut niveau. Très vite Renaud a le dessus en sautillant dans tous les sens et en esquivant les coups, ce qui a pour effet d'épuiser l'adversaire. Premier combat, premier effet de caméra : je filme de très près, on ne voit surtout que les épées qui s'entrechoquent et le bruit de l'acier résonne dans le silence de la forêt. Ça ne dure pas longtemps. Afin de mettre un terme à l'humiliation, Renaud propose à Ferragus qu'ils s'unissent pour rattraper Angélique. Nous n'avons pas encore dit que Ferragus a toujours été amoureux d'Angélique, même s'il sait que pour lui c'est mort de chez mort, pas la peine d'y penser. Dans cette France moyenâgeuse où les places fortes se tiennent dans les châteaux et les bois, tout le monde se connaît ou en vient à se connaître un jour ou l'autre – il y avait moins de monde sur terre à cette époque et la Terre était, croyait-on, plus petite qu'aujourd'hui. Donc Angélique, il l'a déjà croisée à un banquet et sa beauté l'a transporté en des sphères insoupçonnées. Il n'a plus jamais cessé d'en rêver. Mais d'elle pourtant rien ne tirera. L'attention de la princesse se porte vers de plus beaux garçons mieux mis. Par qui se sent-elle d'ailleurs vraiment attirée ? Ne serait-elle pas affectivement un peu instable ? Ferragus, pas très intelligent mais tout de même assez malin pour profiter de la situation, se dit qu'en tenant la patte à Renaud il rejoindra plus vite et plus sûrement Angélique. C'est pourquoi il accepte, se met en selle, tient la cadence une demi-minute à peine avant que Renaud le sème. Ferragus tourne en rond, se retrouve à son point de départ et là, devant la rivière, il se remet à chercher ce qu'il cherchait tout à l'heure. C'est encore ce qu'il a de mieux à faire. Il fouille pendant une dizaine de secondes, du regard puis de la main après avoir repris son bâton, enfin comme le plan le montre immobile de dos et légèrement courbé, la tête baissée vers un point se situant entre ses deux pieds, on suppose qu'il est en train de pisser. Peut-être par manque d'intérêt ou de vulgarité, rares sont les films qui montrent quelqu'un pisser. Moi je le suggère seulement. Je fais voir un chevalier dans toute son humanité, laissant sentir que toute cette quête est probablement vaine. En fait détrompez-vous : Ferragus est seulement victime d'un événement rendu fantastique par ma mise en scène. Le fantôme d'Argail lui apparaît entre les jambes (disons qu'avec l'angle de vue utilisé on croit qu'il arrive entre ses jambes). Argail est le frère d'Angélique, Ferragus l'a tué quelques mois auparavant. Tout cela se veut assez flippant car le fantôme est vert, gluant, n'a plus de dents et, après s'être extirpé de l'onde saumâtre, marche sur l'eau grâce à des filins invisibles. Il lui somme d'arrêter de chercher le casque (qui d'ailleurs est son casque à lui) et de partir à la recherche du heaume de Roland. Ce sera une mission autrement plus noble que de fouiller la vase. Ferragus, qui était tout de même en train de pisser, cesse, s'exécute et nous reviendrons sur lui plus tard.

Je parle de cinéma mais je pourrais aussi parler de théâtre. Au début je voulais adapter le livre au théâtre. C'est de là que je viens. J'ai été comédien pour la scène, dramaturge, puis acteur devant une caméra – cascadeur, même, je vous raconterai. Le cinéma est arrivé par hasard. Le cinéma, c'est rien de plus que du théâtre en mouvement et en extérieur parfois ; du théâtre moderne. Mais on peut aussi faire du théâtre mobile. En travaillant sur les décors, la mise en scène, la machinerie. Ou en invitant le public à se déplacer. Je travaille chaque instant de mes films comme une scène de théâtre. Il n'y a que les plans qui font très cinéma, bien composés, bien cadrés. Ce que le public voit. Ensuite je les monte et je les montre. Comme tout réalisateur qui se respecte, j'accorde une grande importance à l'image.

Salle de cinéma ou de théâtre, ça reste du spectacle : on regarde une action dans un cadre. Alors je ne sais pas trop. Je veux dire : quand je tourne un film je ne sais pas trop si j'ai en tête le cinéma ou le théâtre. Je crois que j'ai en tête les deux, ce qui compte étant le jeu des acteurs et, comme je l'ai dit, l'image. Peut-être qu'en fait je tourne des pièces de théâtre pour le cinéma, voilà. Toujours est-il que j'aime diriger des comédiens, des êtres vivants et pas des personnages dématérialisés comme dans un roman. C'est ça qui est bien : le contact avec la réalité, l'humain, la matière. D'une certaine façon, en dirigeant je sculpte du vivant. Je modélise. Je ne suis pas seulement dans ma tête comme un écrivain.

L'écriture ça m'interroge aussi. J'ai publié cinq romans chez un éditeur parisien. Des bleuets. Je suis le spécialiste des bleuets en France. Quand un de mes livres sort, il cartonne. Les gens ne lisent plus que ça, des histoires d'amour sirupeuses et nulles. Ils se foutent du style, ce qu'ils veulent c'est suivre une histoire sans être trop concentrés afin de pouvoir manger des biscuits et boire du thé en même temps. Donc j'écris mes livres très vite, je les bâcle et ça marche fort. Si bizarre que cela puisse paraître aujourd'hui compte tenu de la situation économique pitoyable des auteurs en France, tous obligés de se trouver un boulot alimentaire à côté, je considère l'écriture de mes livres comme une activité secondaire qui finance ma passion du cinéma – elle-même ne me rapportant rien, me faisant plutôt perdre de l'argent. La littérature, enfin disons pour être plus honnête l'écriture de romans, c'est un peu une activité que je pratique par inadvertance, et c'est pour ça je pense que je ne serai jamais un grand écrivain, ou un écrivain tout court. J'aime raconter des histoires. Or il n'y a pas plus magique comme vecteur pour ça que le cinéma, selon moi. C'est le grand spectacle. Le lion qui bondit hors de sa cage sur les spectateurs. Je place en lui toutes mes espérances. Je veux être cinéaste. Écrivain, c'est au-dessus de mes forces. Un écrivain vit dans l'ombre. Mon milieu naturel à moi c'est plutôt la lumière.

Le cinéma, je l'ai découvert enfant, avant même de savoir lire. Ce qui naît dans l'enfance, on a du mal à s'en libérer. Les écrivains, ils ont inventé le cinéma – ils ont tout inventé quand on y réfléchit. Dans Zola, il y a des passages qui préfigurent le cinéma. Déjà chez Virgile, Homère. Aussi Flaubert, Dickens. Conrad, encore.

L'image est mentale. Moi je la mets sous vos yeux.

C'est ainsi que nous nous trouvons maintenant à l'arrière de la monture d'Angélique, caméra embarquée, pour l'imaginer (de manière plus rythmée encore) se démener contre le temps et la distance, à travers les troncs de bouleaux, de pins et de sapins, qu'elle évite – ce que nous percevons de face. Nous voyons aussi la crinière de son cheval se soulever, s'abaisser, et ses bras tirer de droite et de gauche sur la bride. Parfois aussi nous les voyons tous les deux (le coursier et Angélique) galoper de profil en une sorte de travelling latéral où les troncs viennent occulter successivement l'image au premier plan. Séquence assez spectaculaire, les cheveux d'Angélique volant au vent, comme les pans de sa robe claire ; et la lumière bien que pâle, telle qu'on le précisait, évoque quelque chose qui démarre, qui va s'ouvrir, comme à l'aurore d'une nouvelle ère ou tout simplement au début d'une histoire (mais c'est une lumière de presque fin du jour : subterfuge du créateur).

Le terrain s'incline légèrement vers le haut en une longue courbe. L'animal et sa cavalière suivent un sentier étroit. Piquent vers le bas jusqu'à une rivière plus discrète que la précédente dont Angélique parcourt la berge en modérant son allure, avant de faire halte. Elle se sait hors de danger pour quelque temps car elle n'entend aucun bruit de sabots par-dessus celui, apaisant, de la rivière roulant sur les galets. Elle va en profiter pour descendre de selle et s'allonger dans l'herbe. Elle a besoin de se reposer, de retrouver de la douceur, là, le long de ce cours bienveillant et tranquille. Nous vivons notre premier temps calme du film. Le spectateur croit pouvoir souffler à son tour après ce début fracassant et pourtant : une tension plane. On pressent, grâce à une habile succession d'images rapides d'à peine une demi-seconde chacune, que le calme ne va pas être si calme.

Angélique se donne dix minutes. Dix minutes ce n'est pas beaucoup, enfin ça dépend en quelle circonstance. Pour se reposer disons que ce n'est pas énorme. Or c'est suffisant pour que son répit soit troublé par l'irruption d'une brute à forte moustache, voyou sur les bords, délogé de son trône de Circassie par son cousin Orion à cause de l'alcool qu'il a trop facile : Sacripant, joué par un certain Robert Bof, lui aussi amoureux d'Angélique, à qui il ne cesse d'écrire et de clamer dans le vent des poèmes métaphoriques sur une rose à cueillir quand elle est encore fraîche. Pire : Angélique s'allonge derrière un buisson d'aubépines dont le rustre a choisi la face nord pour s'étendre lui aussi il y a une bonne heure et se lamenter sur son sort (car en plus d'être alcoolique et amoureux d'Angélique il est dépressif). À la vue de la jeune fille offerte sur la mousse fraîche tel un bouton de fleur tombé du bouquet, main sous la tête et bras en travers de la poitrine, il se jette sur elle dans l'intention d'en abuser. Cette pulsion et la tentative équivoque qui s'ensuit ne laissent plus aucun doute sur son niveau d'alcool : le gars est complètement cuit. L'acteur Robert Bof imite assez bien le mec bourré même s'il en fait un peu trop à mon goût. Mais je ne dis rien, je préfère qu'on appuie le trait, que le personnage soit ridicule plutôt qu'insipide.

Tout chevalier sobre sait que priment la chasteté et l'amour courtois. Ma version de *Roland furieux* est en cela assez moderne, où pratiquement chaque chevalier est à lui seul un vrai petit vicelard. Angélique, que ses parents ont toujours mise en garde contre le danger des forêts en France et dans le monde où l'on ne s'aventure pas sans escorte et encore moins par temps de guerre, ne se laisse pas impressionner par le malotru et roule sur le côté, prête à lui expédier un coup de pied dans les valseuses. De sang-froid, elle entame une conversation avec l'agresseur sur le temps qu'il fait, le froid justement qui aurait tendance à lui donner des palpitations, des rougeurs, ce genre de propos ayant toujours comme effet de dérouter la première intention. Mais pas pour longtemps. Elle lui propose d'être à lui à condition qu'il la mène hors du bois sous sa protection, car elle s'imagine la proie de mille autres dangers à venir et l'homme, armé, sait de toute évidence se défendre. Bien sûr, elle envisage de lui fausser compagnie à la première occasion. L'autre fait mine d'accepter, mais tout à sa joie de pouvoir enfin assouvir ses désirs, et parce que c'est un monstre de bestialité, compte bien profiter de la vierge sur-le-champ, surtout ici, loin de toute présence humaine. Il se jette sur elle une seconde fois et la cloue au sol en serrant dans ses poings ses petits poignets délicats.

Surgit alors, à contre-jour d'abord, un chevalier en armure blanche, très impressionnant dans la dignité qu'il semble se faire un devoir de dégager (port de tête, tenue de la lance, posture sur le cheval, posture du cheval, regard du cheval), heaume à visière rabattue surmontée d'un ample panache blanc, tout comme la queue du cheval, relevée presque à la verticale par un artifice ornemental. Avec tout ce blanc sur le chevalier et autour (brume du soir, fumée de charbonnier, projecteurs arrière, effets visuels devant rendre l'apparition marquante) on dirait que le cheval est blanc aussi mais c'est juste une impression. Il est juste moins foncé que trop foncé. Toujours est-il que ce personnage-là n'a pas l'air d'être n'importe qui et dans un premier temps Sacripant ne le voit pas, dans un deuxième temps non plus, c'est seulement au bout de plusieurs secondes, parce que le Chevalier Blanc se racle la gorge afin de manifester sa présence, qu'il le remarque. La terreur s'empare de lui, ce chevalier tout de blanc paré est connu pour être l'un des plus redoutables d'Europe et du monde. Sans même essayer de l'affronter, car il sait le combat perdu d'avance, le vil individu desserre sa prise, lâche sa proie et s'enfuit en jurant qu'un jour il les niquera tous.

Si la monture du Chevalier Blanc marquait les esprits par son élégance, celle qui arrive par là où disparaît le Chevalier Blanc (l'intérieur d'un large tronc ajouré) est encore plus belle, ressemble au compagnon d'un roi, ce qu'elle n'est pourtant pas : harnachement couvert d'or, parements délicieux, dorures jusqu'au-dessus des yeux. C'est Bayard, le cheval de Renaud.

En recherchant Angélique, après avoir semé Ferragus, Renaud a été volontairement jeté à terre par Bayard, ce qui l'a mis en rage et obligé à continuer son chemin à pied, en courant, plus précisément en trottinant car avec l'armure, les armes, c'est lourd, c'est exténuant, c'est énervant, on peste à chaque pas contre le sort qui s'acharne. Mais que Renaud se réconcilie avec ce dernier car c'est justement ce qu'il attendait de lui : être conduit par son cheval et non l'inverse, afin d'arriver à Angélique. En effet Renaud faisait suivre une mauvaise direction à sa monture. Seul Bayard connaissait la bonne. Il se devait donc d'intervenir par une ruade plutôt que de se faire malmener.

Il faut dire qu'il voue lui aussi (Bayard) à Angélique un amour pur et puissant, désintéressé comme seules les bêtes sont capables avec les humains. Ce lien très fort remonte à une époque où, retranchés à Albraque, Angélique et Renaud vivaient une histoire sentimentale sérieuse mais où Angélique n'obtenait pas de Renaud les sentiments qu'elle espérait : pas assez forts, pas assez fusionnels, on aurait dit que le type la fuyait. Et c'est ce qu'il faisait. Elle le collait d'un peu trop près. Elle passait ses journées avec Bayard, à le brosser au box, à le dresser au cirque ou à l'allonger en forêt, pendant que Renaud soi-disant avait cent affaires à régler, réquisitionnait des messagers à destination du monde entier, faisait défiler les secrétaires dans son bureau, sur son bureau, sous son bureau, par contre ne rangeait jamais sa chambre, laissait traîner ses caleçons, s'éparpillait un peu trop et pissait sur la cuvette. Avec Bayard elle comblait un manque c'est sûr. Aujourd'hui c'est l'inverse qui a lieu, après qu'ils se sont abreuvés, au terme d'une journée caniculaire de juillet, à la source magique d'une fontaine de signes contraires : Angélique s'est mise à repousser Roland et lui à la rechercher.

À la vue de son ancien fidèle destrier, Angélique tressaute de bonheur. Elle se précipite vers lui et prend son large cou entre ses bras. Elle l'embrasse, caresse ses poils.

Arrive Renaud une heure plus tard, en sueur et pas reluisant à voir ; avec la fatigue, l'agacement, ses traits sont tirés, ses yeux rouges et le casque qu'il a enlevé à la vue de sa bien-aimée lui a plaqué les cheveux sur la tête. Il suivait la trace de son cheval et Angélique vient à peine de se remettre de toutes ses émotions qu'elle doit subir les excuses teintées de promesses de celui qu'elle n'aime plus mais qui, lui, suit sa trace depuis des lustres, vient de la trouver et ne peut pas se passer d'elle. Donc problème. Ce n'est pas le premier et ce ne sera pas le dernier dans cette aventure.

CHAPITRE 2

Premières actions extraordinaires

Les premiers problèmes survinrent dès le début du projet. En quête de financement je faisais lire mon scénario aux investisseurs susceptibles de m'aider, du Centre national de la cinématographie aux Régions, en passant par les plates-formes de streaming, la télévision et le circuit classique du producteur type. Personne n'en voulait. Durant l'entretien, quand on m'en accordait un, le producteur, le directeur de studio, l'entrepreneur ou le rapporteur finissait par se servir de la maigre liasse de feuilles reliées par une baguette à spirale en plastique noire pour s'éventer ou aplatir une mouche, tout en sabotant en moi le moindre espoir d'en attendre quoi que ce soit.

Roland furieux, on m'objectait que c'était passé de mode, aujourd'hui le Moyen Âge n'intéresse plus personne. Ce que les gens veulent : du réel, du concret, de la matière sociale contemporaine, afin de s'identifier. Pas d'histoire nécessitant un effort d'imagination. Vous savez, les gens, il faut les ménager. Ils ont beaucoup de soucis. Ils n'ont plus beaucoup de temps. Mâchez-leur le travail. Donnez-leur des faits divers. Ça marche bien les faits divers.

À quoi j'opposais, assis sur le bord de ma chaise, tendu, dissimulant tant bien que mal mon agacement, le succès récent de sagas comme *Le Seigneur des Anneaux*, *Game of Thrones*, *The Last Kingdom*, *Vikings* ou encore *Kaamelott*. Toutes ces réussites prouvaient le contraire : la suprématie de l'imaginaire et du médiéval sur le public. Le Moyen Âge, lointain et exotique, semblait nourrir tous les fantasmes. J'allais même jusqu'à faire savoir que je m'étonnais de ne pas encore voir *Roland furieux* adapté au cinéma ou en série (à l'opéra, oui). Son potentiel pour plaire est énorme, j'insistais, je ne me laissais pas faire : fantaisie, histoire de France, action et sentiment réunis, rien que cela peut suffire à remporter la faveur du public.

Dans le viseur de ma caméra je cadre pour la nouvelle scène du film l'image suivante : le Chevalier Blanc précédemment évoqué, accoudé au comptoir d'une auberge sur la route des Pyrénées. Intérieur jour.

Je préfère l'annoncer tout de suite : le Chevalier Blanc est une femme. Sur le tournage mais également dans l'histoire de l'Arioste. C'est une Chevalière Blanche. Je n'invente rien.

L'intérieur de l'auberge est composé d'une grande salle sombre, basse de plafond et sans trop de fenêtres, perforée de rais de jour qui se croisent en droites parfaites, aux lignes relevées par la fumée envahissante d'un feu de cheminée au tirage limité. Ce décor est une reconstitution à l'identique et en studio des intérieurs d'auberges du Moyen Âge. Il n'y a que le feu de cheminée qui soit réel. L'extérieur représente un bâtiment d'époque resté dans son jus et que j'ai trouvé à Provins en Île-de-France. On a copié-collé l'image pour le situer là où je l'imaginais : à l'orée d'une forêt. On commence par l'auberge vue de dehors. Ensuite : intérieur jour, donc, éclairage à la torche et à la bougie.

Zoom sur le Chevalier Blanc ou plutôt la Chevalière Blanche mais tout le monde la prend pour un homme malgré la délicatesse de ses traits et sa longue chevelure blonde et frisée. Le personnage paraît moins blanc dans toute cette obscurité mais on voit bien qu'il n'est pas sombre, et comme la plupart des chevaliers sont en noir, ça détonne, ça fait un peu chanteur de pop, surtout avec les cheveux (Michel Polnareff). Une telle coupe volumineuse n'est pas très à la mode chez les chevaliers de ce temps-là, donc on regarde le nouveau venu au comptoir un peu de travers qui n'y prête pas attention. Il a enlevé son grand et haut casque blanc avec le panache dessus et a posé le tout un peu plus loin sur le zinc. En soulevant son casque qui retenait ses mèches en chignon et après avoir secoué la tête comme dans une publicité pour shampooing, il a fait exploser une gerbe de cheveux splendides qui ne demandaient qu'à rebondir sur ses épaules de surfeur californien. Mais Polnareff, le surf et la Californie n'existent pas encore dans le contexte de notre histoire.

Bradamante – c'est le nom donné par l'Arioste à cette chevalière intrépide qui, sans son casque, devient anonyme – est assise à trois tabourets d'un petit homme courtaud à la figure patibulaire que je filme d'abord de dos avant de tourner autour de lui et de me placer en face afin que le spectateur le découvre progressivement, pantalon et veste impeccablement repassés, chapeau rabattu sur les yeux, corps ramassé sur son verre de brandy, petit œil en faisceau de phare qui sonde de temps en temps les alentours pour voir ce qui se passe. (Gros plan sur l'œil.) Dans cet œil, on ne lit pas les meilleures intentions du monde. Bradamante a repéré sa présence. C'est même pour lui qu'elle est là mais lui ne le sait pas. Il voit juste un chevalier inoffensif aux cheveux longs, qu'il n'a pas reconnu et qui n'a pas l'air d'être sur ses gardes. Alors que si : Bradamante est en vigilance orange. Mais c'est vrai que rien dans son attitude ne le laisse supposer. Elle semble même plutôt décontractée. Comme Sean Connery quand il joue James Bond n'est jamais stressé.

Le petit homme arc-bouté sur lui-même se nomme Brunel et est incarné par un ancien lanceur de marteau du nom de Harry Kautrock. Il est accompagné à l'image d'un complice de mon invention lui servant d'ange gardien, posté à l'autre bout de la pièce (on le distingue d'abord en second plan, debout contre un mur du fond, avec un spot en plongée braqué sur le haut de sa tête), qui a la main gauche (il n'est donc pas droitier) perpétuellement serrée autour du manche de son couteau pour protéger Brunel d'une agression soudaine.

Ils sont habillés à peu près pareil à la différence que Flynn, c'est le nom de ce complice, porte un costume clair. Travelling avant sur Flynn. Il est plus grand, plus mince, plus léger, probablement alerte dans ses mouvements de jambes, mais la mine couverte de pustules et trop maigre pour faire un véritable héros exemplaire. Ce sont tous les deux des voleurs, enfin Brunel plus que Flynn mais comme Flynn est toujours complice des vols de Brunel c'est un voleur aussi. Et des trafiquants : or, métaux précieux, bijoux, tableaux, statuettes, pas encore tissu ni porcelaine mais ça ne saurait tarder avec la future Compagnie des Indes. Ils se sont connus à l'École supérieure de chevalerie de Bayeux durant l'année 756, où ils ont été recalés pour mauvais esprit, un peu aussi pour déficience physique, surtout Brunel, lourd, raide, qui ne parvint pas au bout du parcours du combattant éliminatoire. Flynn, quant à lui, quoique adroit au tir à l'arc, avait été jugé trop chétif par les médecins du sport, voire cachectique ; on lui avait enjoint d'aller se remplir les muscles de protéines avant de revenir, d'aller par exemple en stage chez des bûcherons, alors que selon lui il était au mieux de sa forme, explosif, je t'enchaîne cinquante tractions quand tu veux. C'est juste que je suis sec. (Le problème, il l'apprendra plus tard : il n'y avait aucune armure homme à la mesure de sa frêle constitution.)

Je vous raconte tout cela mais dans le film je ne l'évoque pas. Je laisse le spectateur imaginer ce qu'il veut sur eux, qui ils sont, d'où ils viennent, etc. Leur aspect doit seulement montrer qu'ils sont un peu en difficulté avec l'existence et que ce sont des méchants, des chevaliers ratés, des frustrés comme souvent les méchants, au décalage comique. Les chevaliers les détestent instinctivement, sûrement parce que aucun de leurs maîtres n'en a voulu. Et eux, par jalousie, détestent évidemment les chevaliers. Dont l'auberge de ma scène est bourrée à craquer. On ne va pas les citer mais il y en a pas mal, un groupe constitué d'une trentaine de figurants. Tous les chevaliers ne sont pas connus ni talentueux au point d'être célèbres comme le Chevalier Blanc. C'est un peu comme dans un club de tennis, vous n'avez pas forcément dans le lot un champion classé à l'ATP.

Allez savoir comment, la seule pouvant prétendre à ce rang, Bradamante, entre en contact avec Brunel alors qu'ils ne se connaissent pas. À l'écran je fais l'ellipse sur cette transition. Ils se trouvaient à plusieurs mètres l'un de l'autre et les voilà réunis. Ce rapprochement peut être dû à une histoire de boisson qu'on ne leur aurait pas encore servie, d'air confiné, ou à la volonté pour l'un de venir au comptoir s'enquérir de phrases toutes faites sur le temps et la course devenue folle du monde (déjà). Bradamante a ce qu'elle désirait : établir un lien avec l'ennemi. On voit Brunel répondre à Bradamante, dont la voix plutôt grave ne trahit toujours pas son sexe, par d'imperceptibles hochements de bord de chapeau. Il ne paraît pas vouloir trop converser avec quiconque, ni le serveur, encore moins le chevalier. Mais il ne se méfie pas. Il va même faire un marché avec Bradamante. Pour l'heure, voilà l'affaire : il est en mission secrète pour le roi sarrasin (Agramant) à qui il doit ramener Roger enfermé dans le château du magicien Atlante, afin qu'il réintègre l'armée des Maures actuellement en difficulté à Paris contre les paladins de Charlemagne. Bradamante l'a repéré dès le début : il porte au doigt l'anneau magique dérobé à Angélique, elle-même l'ayant reçu de la magicienne Mélisse. Seul cet anneau permet de déjouer les charmes du magicien.

Voilà justement ce dernier qui passe sur le dos de son hippogriffe (dans le texte : cheval volant aux ailes géantes et multicolores, né d'un griffon – lion et aigle à la fois – et d'une jument). C'est le vrai premier passage fantastique du film ayant nécessité une ingénierie savante. Le cavalier aérien plaque un rase-mottes au-dessus de l'auberge qui est le dernier lieu de ravitaillement avant le château, donc l'endroit habité le plus proche de ce dernier. La salle se plonge alors dans une obscurité plus grande encore que ce n'était déjà le cas, comme à la formation d'une éclipse : l'animal plane devant le soleil et occulte toute la lumière, occupe le ciel de ses grandes ailes. Le vent de sa vitesse entre à l'intérieur par les fenêtres qui n'ont pas de carreaux et éteint les bougies.

On peut tourner cette scène sans effets spéciaux, l'animal articulé étant suspendu à des câbles. On peut même prendre un vrai cheval, ce qui donnera un résultat plus réel. Là, par exemple, je filme plein cadre comme si c'était une pièce de théâtre. Le spectateur voit tout de loin, sans forcément de plan rapproché, de zoom à part sur l'anneau, qu'on peut néanmoins projeter sur le mur du fond pour suggérer le détail tout en gardant une vision d'ensemble.

La silhouette du cheval qui passe en volant s'aperçoit dans le cadre des ouvertures. Les clients de l'auberge s'agitent, l'aubergiste et sa femme vont à la fenêtre, les femmes de chambre à l'étage secouent des draps pour lui faire peur, l'éloigner, personne n'ose réellement sortir car la venue de ce monstre a des conséquences désastreuses : selon la volonté du magicien il kidnappe de ses serres acérées les plus beaux chevaliers et les plus belles dames pour les enfermer à leur tour dans le château. L'ambiance est à la frayeur, sur scène comme chez le spectateur. Atlante, qui voue à Roger un amour plus que paternel, protège son élu de ce que la vie a tracé pour lui en le retenant dans sa forteresse et en l'entourant des chevaliers de la meilleure compagnie et des femmes les plus avenantes. Conversion au christianisme, mariage, trahison de la dynastie de Mayence, mort : voilà ce qui l'attend dehors. Or de tout cela Atlante ne veut guère. Donc isolement de son fils d'adoption dans une nature retirée et création d'un château inexpugnable autour de lui.

Scène suivante : ainsi abritée du regard de Flynn de la présence duquel elle se doute (un agent n'agit jamais seul), Bradamante profite de la panique et de l'aveuglement soudain pour subtiliser l'anneau magique et le glisser dans la poche transversale de sa veste dont elle prend bien soin de remonter la fermeture Éclair. Elle devient voleuse de voleur, est-ce licite ? se demande Calvino. Manipulatrice d'un manipulateur : le mal s'annule-t-il ? Bien que combattant pour le camp adverse, elle est là pour la même raison que Brunel : sortir Roger de l'emprise d'Atlante et l'emmener avec elle. Sauf qu'ils ne rejoindront nulle armée, nul roi, ils prendront bien au contraire leurs quartiers, fuiront boulets tonitruants et nuages de mort pour couler des jours heureux quelque part au pied d'un rocher, sur un carré d'herbe tendre. Et feront des enfants. Car ils sont amoureux. Se sont connus armes à la main, en duel singulier, et au premier regard se sont plus que plu. C'est elle la femme qui lui est destinée et par qui malheureusement Roger, s'il suit ses inclinations, périra. Donc gros dilemme pour lui : soit suivre la voie du bonheur et mourir prématurément, soit rester prisonnier toute sa vie. Ces déchirements existentiels ont valu au personnage de se sculpter une psychologie un peu particulière, à savoir qu'il ne sait jamais ce qu'il veut, tourne en rond, se disperse, fait plusieurs choses à la fois, est un peu instable. Mais Bradamante, avant d'affronter Atlante, a besoin de Brunel pour la mener au château dont il est le seul à connaître l'emplacement.

Une fois passé l'hippogriffe et retombée d'un cran l'agitation générale, elle obtient de lui qu'il lui serve de guide en échange d'un défi qu'elle promet de porter au magicien.

Tous les deux se mettent en selle dès le lendemain à l'aube en vue des défilés montagneux. Vastes plans de paysages accidentés. Le château apparaît rapidement peu avant midi sur fond des Pyrénées, entre deux pics rocheux rappelant vaguement le profil de sorcières. D'un point de vue architectural, il offre une apparence très particulière car il est tout d'acier, premier du genre à ma connaissance. Il a fallu une semaine pour monter ce décor à l'échelle 1/43. Il s'agit d'une maquette réduite dont les détails, au téléobjectif, créent une illusion de réalité confondante. Esthétiquement, j'aimerais qu'on pense à une sorte de paquebot riveté avant armement, en position verticale. Une manière spéciale de filmer, cette fois-ci au grand angle et en m'approchant le plus possible, donne l'impression que les murs ont de la hauteur, la porte d'accès devant faire croire au spectateur qu'elle se situe à une centaine de mètres du sol, et encore, je me demande si dans l'histoire cette porte n'est pas condamnée. L'unique accès semble plutôt s'y faire par le sommet de la tour principale, c'est-à-dire par le seul moyen d'un animal pourvu d'ailes : l'hippogriffe. Les murs lisses interdisent toute escalade ou ascension de ce genre ; rien pour fixer une corde, envoyer un grappin, optimiser une arbalète. Chose étonnante encore : certaines parties brillent au point de brûler la rétine.

Nos deux cavaliers l'approchent donc avec une certaine temporisation, main devant le visage, quand Atlante surgit en croupe sur son hippogriffe, probablement alerté de l'arrivée des étrangers par un système d'alarme dans l'allée. Il pique vers eux pointe en avant, les deux visiteurs l'esquivent une première fois, une deuxième, à la troisième le petit bruit étouffé qu'on entend c'est Brunel qui est désarçonné et tombe de cheval dans les graviers comme un vulgaire sac de farine. L'action est doublée par un cascadeur car tomber d'un cheval est tout un art. Brunel est sonné. Bradamante le traîne jusqu'au tronc d'un sapin et l'attache très fortement afin de se débarrasser de lui pour la suite de l'aventure. Elle n'a plus besoin de sa présence, pourrait le tuer mais non, un chevalier ne tue que lorsqu'il est attaqué, le plus souvent même épargne son adversaire si celui-ci s'avoue vaincu. Brunel est encore inconscient. Elle aurait pu choisir ce moment-là pour s'emparer de l'anneau (comme dans le texte original) qu'elle a déjà, mais à la facilité elle préfère le tour de force de la veille. Elle le sort de sa poche et l'enfile à son majeur droit.

La forêt bien réelle autour du château ne résonne d'aucun bruit anormal : rivière au loin, oiseaux, bois qui craque, pin qui grince. On pourrait presque faire un pique-nique. Pourtant le premier combat parmi l'un des plus importants du film est en train de se jouer.

À l'abri sous les arbres, Bradamante n'était pas visible du magicien. Aussi dès qu'elle se met à découvert celui-ci commence-t-il à lui asséner sa panoplie de coups qu'il n'assène pas directement, en réalité l'activation de sa lance, de son épée, de sa masse et de son estoc provient de formules magiques qu'il lit dans un livre, c'est tout ce qu'il a à faire : lire. Pour toute autre arme il a un bouclier sous voile qui éblouit son adversaire une fois le voile enlevé (c'était d'ailleurs peut-être déjà ce bouclier qui brillait quand on approchait du château). Il garde généralement ce coup fatal pour la fin de l'action, la puissance de la lumière ayant pour effet de terrasser l'adversaire. En attendant il prend plaisir à molester sa proie, tel un chat jouant avec une souris qu'il sait perdue d'avance.

Comme elle se défend habilement, Atlante voit qu'il a affaire à un bon chevalier. Ça l'excite. Mais en réalité Bradamante, protégée des coups par l'anneau magique, fait semblant d'être gênée, afin de duper son bourreau. Quand celui-ci, jugeant qu'il en a assez fait, sort son bouclier de sa housse et dirige le rayon ultra-puissant dans les yeux du chevalier pour s'en débarrasser une fois pour toutes,

Bradamante ferme ses paupières et se laisse tomber de sorte que le magicien, croyant à la victoire, vienne à elle sans se méfier. Ce qu'il fait, pour l'enchaîner et la ramener au château, bouclier fixé à l'arçon de sa selle, livre magique sous le bras, sait-on jamais. Et hop, c'est là qu'on comprend la ruse de Bradamante : elle se précipite sur lui et l'immobilise, prête à lui couper la tête. Dans sa bascule le magicien fait tomber son livre magique, hors de portée. Ainsi désarmé et fermement étreint par Bradamante, il se révèle être un pauvre vieillard inoffensif ayant bâti son empire par amour, et notre chevalière, qui n'est pourtant pas du genre à se laisser attendrir, lui laisse la vie sauve. Par contre elle l'oblige à détruire son château et à rendre leur liberté à toutes les dames et chevaliers enfermés, dont Roger.

Dans ma version ils trouvent en rampant une ouverture au bas du rocher qui sert de socle à l'édifice et montent un interminable escalier intérieur en pierre puis extérieur en métal avec coursives ceinturant la tour principale jusqu'à la porte élevée. Sous l'effort, Atlante doit marquer plusieurs pauses mais il finit par parvenir en haut. Là, devant la porte qui est une porte de secours, il enfonce deux pierres dont l'une représente une étoile et l'autre un croissant de lune. Compose un code à six chiffres d'abord faux puis, sous la pression répétée de Bradamante qui resserre les liens et le prend au col, correct. Et la porte coulisse. Cinq chaudrons remplis d'une potion mystérieuse à base d'oursons albinos bouillonnent à petit feu dans un vaste espace arc-voûté qui tient lieu de hall d'accueil ou de salle des machines. En les détruisant, on met fin à l'existence du château, confie

Atlante. Plus de chaudrons : plus de château. C'est aussi simple que cela. Alors pour coopérer parce que sinon il va crever, il les pousse du pied pour les renverser et, ligoté, il laisse le soin à Bradamante de les briser l'un après l'autre.

Au cinquième effectivement les murs, les voûtes, les plafonds, les alcôves, les sols, les pierres, les souterrains, les décorations, les tapis, tout disparaît. Cet effet d'aspiration du réel, je le simule visuellement par un procédé digital. Et des centaines de dames et de chevaliers se retrouvent à courir dans tous les sens sur l'herbe jaunie et écrasée du vallon où se dressait le château il y a encore quelques secondes, sous le ciel infini et la lumière souveraine de leur premier jour de liberté retrouvée. Certains, parmi les chevaliers, sont connus de nous, comme Sacripant, échoué là on ne saurait dire comment, ou issus de l'histoire littéraire, comme Prasilde et Irolde, les Castor et Pollux de Boiardo, selon Calvino, convertis au christianisme par Renaud, et faits prisonniers par Atlante dans l'Arioste. Des groupes se constituent qui, sous la surprise de leur nouvel état et du décor, se disloquent, s'échangent, se croisent, se percutent. Des dames courent, des hommes sautent. Ceux qui ne courent ni ne sautent tournent sur eux-mêmes, tapent dans leurs mains, frappent la terre du pied comme s'ils dansaient, interpellent le voisin.

Tout cela, nous le voyons de haut, filmé par un drone et une grue fixe, et les mouvements de foule doivent créer des figures abstraites du plus bel effet, sur fond de nature, comme dans le viseur d'un kaléidoscope. Aux témoignages que nous recueillerons plus tard, nous saurons que les otages n'étaient pas maltraités dans leur prison argentée, d'aucuns coulaient même des jours paisibles, gâtés par leur hôte. Bon, de toute façon pour nous ce qui compte c'est la libération de Roger, lequel se retrouve face à Bradamante et tombe à genoux. Comme tous les autres garçons et filles de cette histoire il est beau, bien formé, mais ses cheveux châtain clair et ses yeux humides doivent rendre compte d'une certaine douceur, d'une sensibilité, voire d'une fragilité de personnalité. Il sait en la voyant qu'elle seule est à l'origine de la délivrance de tous. Bradamante se retrouve donc elle aussi face à Roger et voit Roger se retrouver face à elle, tomber à genoux, bientôt s'étendre sans force à ses pieds, baisant par brefs petits coups de lèvres la pointe de ses bottes noircies de boue, et là il en fait un peu trop mais c'est tout de même un signe encore plus fort de dévotion. Bradamante reste debout sans rien dire alors qu'elle voudrait hurler son bonheur, se rouler dans l'herbe avec lui. Qu'est-ce qui la retient ? La dignité, peut-être. Ou la peur de salir encore davantage ses vêtements. Voilà tant de jours qu'ils ne se sont vus, un mois, un an, un siècle, une éternité, depuis qu'un combat au mont dit du Sang Levé les a séparés et retenus sans nouvelle, chacun croyant l'autre mort plus d'une fois. La guerrière est toujours aussi belle, le guerrier toujours aussi beau. Pourtant ils n'osent s'approcher, se regarder pour en juger ; chaque cœur resté pur s'entend battre pour l'autre. Ils sont touchants, là, à se retrouver et à rester paralysés par l'émotion au milieu du tumulte.

Atlante en a profité pour s'enfuir. La foule s'agite mais le monde s'est arrêté. L'hippogriffe a défait les liens qui le retenaient solidement à un arbre voisin avec le bouclier voilé toujours fixé à l'arçon de sa selle, et commence à voltiger d'un point culminant à un autre de la scène (cime, rocher, arbre foudroyé). Enfin Roger prend conscience de la présence du cheval volant, parce qu'un cheval volant, même pour Roger, ce n'est pas tous les jours qu'on en voit un, et que le cheval volant est justement l'obstacle qui doit s'immiscer entre Bradamante et lui afin que, souvenez-vous, le destin ne scelle pas leur amour, sinon c'est la fin de tous. Donc l'hippogriffe passe de plus en plus près de Roger pour l'attirer, se manifester à lui – nouveau piège d'Atlante –, et à Roger reviennent en tête les responsabilités chevaleresques qui lui échoient : sauver le monde au service de son armée, les Sarrasins, c'est-à-dire de l'armée adverse de Bradamante, et voir si quelqu'un quelque part n'aurait pas besoin de lui – alors que s'il y a bien quelqu'un quelque part qui a besoin de lui en ce moment c'est évidemment Bradamante. La vie est parfois cruelle.

Le voilà donc qui enfourche l'hippogriffe et, les yeux embués d'amour, le cœur déchiré par deux inclinations inverses (s'éloigner de Bradamante et rester avec elle), finit par choisir la plus dure pour celle venue le délivrer, et voit une nouvelle fois la distance se creuser entre lui et sa douce protégée. Il s'envole. Il est enlevé par l'hippogriffe. En étant enlevé par l'hippogriffe il est enlevé par Atlante, qui à distance conjure encore le sort voulant unir les deux amoureux grâce à des formules magiques apprises par cœur. Aller à l'encontre de son bonheur, être partagé par plusieurs sentiments contraires et donner l'air de ne pas savoir ce qu'il veut ni où il va (être en quelque sorte démuni face aux assauts du vent), on dirait que c'est plus fort que Roger.

Bradamante s'écroule de tristesse en le voyant s'élever et bientôt disparaître, je dirais même de désespoir et, jusqu'aux prochaines retrouvailles qui ne sont pas pour tout de suite, malgré sa grande force mentale et physique, ne se relèvera plus tout à fait.

CHAPITRE 3

À la guerre comme à l'amour

Vous êtes toujours dans mon film. Je partage les images que je vois derrière ma caméra. Pour l'instant je ne m'attarde pas encore sur les coulisses du tournage ni sur la personnalité des acteurs, ce sera pour le chapitre suivant. Je veux d'abord vous faire rencontrer le personnage principal de mon long métrage : Roland.

C'est dans la scène d'une nuit froide et gelée, en plein camp militaire endormi à l'intérieur de Paris, que nous faisons connaissance avec lui. Moment capital que cette séquence-là.

Roland, donc : celui de la fameuse *Chanson de Roland*, mort à Roncevaux en 778 dans une embuscade.

Mais de cet épisode il ne sera nulle question ici. Roland est un héros devenu mythologique dont on fait un peu ce qu'on veut, lui inventant de nouvelles vies, de nouvelles histoires, le réutilisant pour le faire évoluer à différentes époques.

Là, je le montre allongé sur sa couche sous sa tente à ne pas réussir à trouver le sommeil, à s'agiter, à se retourner. Sa couche est trop petite parce que forcément Roland, le plus grand des chevaliers, est trop grand – un chevalier, même pas le plus grand, est forcément trop grand, toujours au-dessus de la moyenne, il ne vit pas exactement à la même échelle que tout le monde ; un rien devient trop petit, trop léger pour lui, comme pour un Playmobil dans un village de Schtroumpfs. Par contre un chevalier ressent les émotions et les sentiments de ses contemporains, car avant d'être un demi-dieu comme Roland, il est un homme – sur ce point-là en particulier nous verrons que dans ma version très personnelle Roland va descendre plus bas que terre, se transformer en animal.

Il est quatre heures du matin. Bientôt le jour reviendra. Roland doit absolument reprendre des forces s'il veut continuer à repousser les Maures hors de la ville dans une lutte sans merci comme celle qui se joue en ce moment, où tous les coups sont permis. Mais encore faut-il trouver le sommeil. Or, point. Et au huitième siècle les somnifères n'ont pas encore été inventés, l'homéopathie déjà un petit peu, ce sont surtout des potions de druides à base de plantes mais est-ce vraiment suffisant ? Ce n'est pas dans son habitude d'être insomniaque, pourtant, là, bon. Des gardes sont disposés un peu partout derrière les murailles car la bataille ne s'arrête pas la nuit, l'ennemi s'infiltre dans les campements pour égorger les soldats qui dorment ou les gardes qui tentent de garder, c'est horrible comme ambiance. Donc même ceux qui dorment ne dorment que d'un œil. Une guerre ne connaît pas de trêve.

Difficile dans ces conditions de se détendre mais ce n'est pas pour cela que Roland ne dort pas : il n'en peut plus de faire la guerre. Pour un héros légendaire comme lui ça paraît étonnant mais c'est ainsi. Un déclic vient de se produire. Quelque chose a cédé, un ras-le-bol général qui est monté lentement au fil du temps, insidieusement, a peut-être toujours été là, avant d'exploser ce soir. Une révélation. Un message de Dieu ? se plaît-il à croire.

Lui le meilleur, le plus fort, le plus beau (plastiquement parfait, il met tout le monde par terre avec son physique), lui qui a reçu d'une fée à la naissance le don d'être invulnérable sauf sous les pieds, il n'a à craindre ni sa propre mort ni la défaite de l'armée des Francs, car à lui seul les vaincrait jusqu'au dernier. Alors pourquoi de tels sentiments anti-militaires ? En effet c'est à la paix qu'il pense, là, précisément et intensément, c'est à la paix qu'il rêve, c'est elle qu'il désire totalement, une paix qui rayonnerait dans le cœur de chacun et unifierait l'Europe en une grande ronde, et à la paix tout de suite, loin d'ici, de la cité et de ses immondices. Cette paix à laquelle il aspire l'empêche de dormir car il ne peut plus envisager, dans ces circonstances, de faire la guerre, ni l'idée même de la guerre. Or il est en plein dedans. Au cœur de Paris assiégé. Et dans cette ville, dans cette capitale en flammes, en larmes, c'est à la nature qu'il rêve éveillé, à ses senteurs, à des jardins en fleurs, à des rivières serpentantes au lit chantant et aux rives mousseuses. Au paradis sur terre. À tout sauf au spectacle de la mort.

Il a changé. Il est, disons, moins belliqueux, moins agressif. Ni l'Arioste ni Calvino n'évoquent cet aspect-là du héros. C'est moi qui le crée. Nous verrons où ça nous mène. Des signes annonciateurs de ce changement se sont manifestés bien plus tôt que ce soir, par exemple il y a quelques mois quand il constatait les nuances cuivrées d'un coucher de soleil au-dessus de deux guerriers s'entre-déchirant : la lumière se répandait dans le ciel en réseaux de plus en plus larges et prenait la couleur du sang de la terre, aussi du mercure qu'on voit dans les thermomètres – c'était beau, ça créait quelque chose de symétrique et de pacifique dans toute cette haine et ce chaos. Il était en plein combat et contemplait les subtilités graphiques de la lumière. Cela se fait-il ?

D'autres décrochements l'ont rendu encore ailleurs et contemplatif au cours d'actions tendues. Or la guerre c'est pas pour les rêveurs. Longtemps il a dissimulé cette part de lui-même sous des dehors enrobés, conformément à son statut de star du combat. Il n'en est plus capable à présent. Et il compte le faire savoir, qu'il a changé. En effet, s'il ne s'endort pas ce soir, c'est qu'un tas d'images et de projets le traversent, occupent son esprit : il voudrait d'abord renouer avec l'humanité en général, besoin de tendresse etc., instaurer des ateliers créatifs au sein de l'armée, des cercles de discussion, que chacun prenne un ennemi dans ses bras au moins une fois par jour, placer des femmes au cœur du pouvoir, elles trop peu présentes dans le quotidien militaire et ô combien nécessaires, plus intelligentes que la plupart des hommes. Les placer tout en haut de la hiérarchie martiale afin que règne l'équilibre. Car c'en est assez de se faire la guerre entre mâles.

Il y a aussi qu'une idée fixe le taraude. Il pense à quelqu'un en particulier et cette pensée le domine. À quelqu'un qui s'anime au milieu de cette guerre, derrière de hautes flammes et des cris. Quelqu'un qui inspire, justement, aussi, l'harmonie. Quelqu'un dont il ne peut plus se passer – il vient de s'en rendre compte –, quelqu'un qu'il porte dans sa chair comme un organe vivant et qui doit absolument faire partie à nouveau de sa vie, comme autrefois. Cette personne lui a fait remporter les plus grandes batailles. Elle lui a donné la force surhumaine qui est la sienne et pour laquelle il est reconnu. Sans elle, nulle victoire ; il n'est rien. Pour retrouver son état d'avant il a besoin de l'avoir auprès de lui. Surtout qu'un pressentiment l'a envahi qui n'a fait que grandir ces dernières heures : cette personne est en danger, il doit partir à son secours. Mais un fossé se creusant, rempli de cadavres désossés, les sépare. Pour autant il ne souhaite pas laisser son roi sans défense, à qui il doit fidélité et dévotion, autant qu'à Dieu.

Alors il s'agite sur son lit de paille, torturé par la décision à prendre. C'est le conflit le plus dur qu'il ait jamais eu à livrer, un tête-à-tête avec soi-même que la force physique ne permet pas de vaincre, et pour lui c'est nouveau ce genre de combat intérieur, ces atermoiements, lui à l'esprit si bien rangé jusque-là, organisé, qui ne débordait pas, sans folie, presque trop carré. On a toujours su à quoi s'attendre avec Roland : stabilité et sens du combat. Professionnellement :

presque une machine. Douée évidemment de sentiments en privé. Mais les deux terrains toujours bien distincts, délimités, jamais mêlés. Un exemple pour tout le monde.

Le cœur finit par l'emporter sur la raison et à cinq heures et demie le voilà qui empoigne son épée, se lève et sans en avoir reçu l'autorisation s'extrait de sa tente pour aller retrouver sa dame. Dans la nuit sans lune nous ne distinguons qu'une silhouette agile et fugitive qui se faufile en pyjama (plus exactement : en collants et T-shirt manches longues sous plaque et maillot de fer) entre les corps assoupis. Car oui, quand on est simple soldat ou garde, même par moins dix on dort dehors, et les duvets en plume d'oie n'existant pas encore on se contente d'une rustique couverture de laine. Il y en a parmi ces hommes allongés qui sont agonisants ou morts (de froid ou poignardés sur place – c'est difficile de faire la différence entre quelqu'un qui dort et quelqu'un qui est mort, surtout de nuit). Il y en a aussi qui sont bien vivants et gardent vraiment, ne dorment pas, saluent Roland d'un bref signe de la main, Roland que tout le monde respecte presque autant que l'empereur – cousin de Renaud, il est aussi le neveu de Charlemagne, et son préféré.

Il se fraie en courant un passage entre les corps, les cordes, les malles, les charrettes, les tas de sable et les armes. Son parcours est celui d'un homme qui maîtrise parfaitement son équilibre, saute par-dessus un obstacle avec précision, se réceptionne en roulade avant pour amortir le choc dans les chevilles, se paie un petit backflip arrière juste pour le style depuis un muret de parpaing fraîchement élevé, suivi d'un salto costal.

Après les plans fixes du personnage sur sa couche et des belles vues de Paris au Moyen Âge la nuit, je veux faire voir ce que perçoit Roland en caméra subjective d'abord, et le montrer de dos afin que nous bondissions à notre tour dans l'obscurité. Ainsi qu'en travelling latéral. J'aime beaucoup le travelling latéral. Ça crée une impression de vitesse folle. Puis : alternance de caméra subjective, de plan rapproché et de travelling latéral. Musique crescendo à base de violoncelle qui monte lentement et installe une forte émotion, une sorte de libération, de magnificence dans la désolation.

Par la musique, par les mouvements souples et déliés du sujet, sa posture, l'intensité et la fragilité de son regard, dans un plan-séquence à un moment d'une minute trente-cinq qui doit marquer les esprits, nous devons comprendre l'importance de la décision lourde de conséquence qui suit, sans qu'un mot soit prononcé : Partons, se dit Roland. Éloignons-nous de la guerre. Au diable la permission. Prenons de la distance pour réfléchir par nous-même. Mettons un peu de paix entre le sang et nous. Faisons entrer de l'air. Cicatrisons. Écoutons la voix de notre vérité qui nous dicte l'impensable, l'impossible. D'autres ont été pendus pour désertion, et moins pire. Torturés. Faits prisonniers. Rejetés de la société. Rétrogradés. De chevalier tu passes à commis d'entretien sanitaire. Mais qu'importe. Je suis prêt à payer le prix pour vivre ce que je me sens appelé à vivre, pour répondre à cet ordre que je sens venir de plus haut encore que de mon empereur, de Dieu lui-même – ou plutôt de ce diable de Tentateur ? Comme tous les chevaliers paladins, Roland est chrétien et dévot, légèrement superstitieux, c'est même au nom de la religion qu'il se bat, au nom de celle-ci aussi qu'il a administré la mort sans état d'âme et avec une certaine jouissance à des milliers d'hommes – il y a là quelque chose qui coince. C'est aussi le cas des Sarrasins, mahométans. Le paradoxe, qui est le fruit de l'homme et pas d'un dieu, n'est donc pas nouveau et concerne toutes les religions.

Dussé-je mourir, doit-on encore comprendre qu'il se dit à lui-même tout en se rapprochant des portes du camp, autant le faire pour ma bien-aimée plutôt que pour ma patrie, car jamais pays ne vaudra trois ou quatre continents réunis comme elle.

Son cheval vite sellé l'attend sous la tour de garde. Il revêt l'armure d'un officier sarrasin tué à la bataille et presque aussi grand que lui – ça reste serré –, afin de traverser sans se faire repérer l'armée adverse qui enserre la capitale et occupe une bonne partie du pays. On lui entrouvre les portes en s'assurant toutefois que personne n'entre. Il a dû recevoir de Charlemagne l'ordre d'aller porter un message quelque part, se dit-on.

Et voilà Roland libre, qui s'évapore dans la nature, enfin dans la nature pas encore tout à fait parce que avant d'allonger le galop sous les chênes et dans le froid glacial de la brume matinale il doit battre le pavé une dernière fois, essuyer quelques coups d'épée de sentinelles qui le reconnaissent, esquiver, reculer, rebrousser, accélérer, mais asséner la mort non, faire couler le sang, autant ne préfère-t-il plus. C'en est assez d'embrocher, de trucider, de trancher, d'égorger, de couper, de décapiter, d'éviscérer et de tous ces verbes du premier groupe qu'on devrait reléguer au dernier des derniers, placer hors de portée au fond d'un coffre fermé à clé, dans un Bescherelle mis à l'index. Le seul qu'on garderait : aimer. Oui, aimons-nous, pense Roland tout en repoussant un garde du pied, le cœur légèrement dilaté par ce sentiment nouveau qu'il laisse pour la première fois monter en lui et s'exprimer, et avec des larmes plein les yeux.

On redevient innocent quand on est amoureux : il lui prend des envies de dessiner l'amour, d'écrire l'amour, de ralentir le temps et de vivre entouré de plantes odoriférantes – de devenir poète, en somme.

Et sur ces bonnes intentions le voilà qui prend cette fois-ci vraiment le large et s'éloigne du cœur de la guerre pour rejoindre le cœur de la vie, dans une campagne recouverte d'une couche de neige de seize centimètres par endroits, qui la rend si paisible. Le jour s'est levé. Le thermomètre est censé indiquer moins sept. Dans Paris assiégé la lutte a repris. Sans Roland, donc. Quand il manque à l'appel il est déjà à une quarantaine de kilomètres au sud-ouest, dans la vallée de Chevreuse où naîtra douze siècles plus tard, en 1977, un écrivain français. C'est dire si l'amour donne des ailes. Il a passé en revue l'ensemble des camps maures d'Île-de-France, entre Seine, Marne, Oise et Aisne, s'est payé un tour en barque à scruter les rives et les marécages, vers onze heures a mis le cap au sud, direction l'Auvergne puis la Gascogne, dont il explorera la moindre bourgade, le plus petit hameau ou lieu-dit, presque sans jamais dormir, de jour comme de nuit, collé à son cheval. Il rejoint la Provence, sillonne les routes caillouteuses, les chemins poussiéreux, les champs de lavande et les étendues qui semblent désertiques, l'intérieur des gorges, le dessus des collines, le contour des rochers, des plantes, des arbustes, le dessous des buissons, traverse la France en diagonale jusqu'en Bretagne du Nord d'où il se tape les plus de mille kilomètres de côte venteuse et escarpée : rien. Tombe en embuscade. S'en sort en se faisant passer encore une fois pour un Sarrasin. N'use d'aucune violence. Remonte en Picardie, descend jusqu'aux extrémités de l'Espagne, foule toutes les provinces où l'Afrique et l'Espagne se disposent pour la guerre. Repasse aux mêmes endroits, voyage sans se préoccuper de la logique d'un parcours organisé. Je vous dirai plus loin comment je m'y suis pris pour tourner cette cavalcade.

À ce dérèglement géographique et à une obsession de quête amoureuse qui commence à s'enraciner, on prend toute la mesure d'une folie qui monte. À quoi nous ajoutons la fatigue physique, surtout qu'il se nourrit comme un sauvage : plantes, vers, insectes, eau des lacs. Prend néanmoins soin de lui, se rase, se lave, histoire d'être présentable à tout moment au cas où sa belle surgirait, de garder bonne figure.

Il a bien réfléchi : je quitte l'armée, se dit-il tout haut pour qu'on comprenne bien, je rentre dans le privé, je monte mon entreprise de self-defense non violente (il mime des gestes de prises de combat), je donne des cours de formation pour devenir chevalier, je crée une école payante plus chère que la voie traditionnelle mais plus courte et surtout plus efficace. Mes chevaliers seront zen, c'est-à-dire qu'ils se serviront de la force de l'ennemi pour le terrasser, sans user de leurs armes, par la ruse et des projections de corps (il mime une seconde fois). Cette pratique est déjà courante en Asie apparemment. Lui et sa fiancée, qu'il n'aurait pas tardé à demander en mariage, s'installeraient à deux heures de galop de Paris dans une prairie au ciel immense encadré de peupliers nichés de moineaux gazouillants où il se ferait construire une maison avec grenier et combles aménagés, un garage mitoyen et un petit dojo indépendant rien que pour eux et leurs enfants. Leur vie routinière, casanière et au cours tranquille, n'en serait pas moins une croisière enchantée, jalonnée d'amour et de petits bonheurs qui font les grandes vies, comme disait le grand-père de son grand-père. Dans la prairie pousseraient des pissenlits. On irait chercher l'eau à la source pure d'une claire fontaine. Seul problème : la réaction de Charlemagne. Acceptera-t-il de perdre son meilleur élément ? Lui en voudra-t-il d'avoir déserté ? Quelle sera sa sentence ? Un mandat d'arrêt pour désertion doit déjà avoir été proclamé contre lui.

Roland se perd dans ses pensées et relâche son attention. Quand il croise un groupe ou un cavalier seul, il s'adresse à l'ennemi en arabe, qu'il parle couramment, et aux alliés en français, pour s'inquiéter du sort de la jeune fille dont il tire un portrait à l'aquarelle d'une des fentes intérieures de son armure : une bonne âme l'ayant vue la reconnaîtrait-elle ? Ayant été extrait de son enveloppe de protection, le portrait peint sur parchemin fait le tour des interrogés, humide sur les bords et chiffonné au milieu, de dimension treize sur dix-huit ; on y voit un modèle féminin esquissé, portant son visage rayonnant de face sur une ample robe de soie blanche légèrement de biais.

C'est Angélique. Aucun doute possible. On la reconnaîtrait entre mille à sa chevelure remarquable, son minois fin et son regard piquant. Mais qu'ont-ils tous à lui courir après ? Il faut dire que Roland détient la plus belle et longue histoire d'amour avec elle, rien à voir avec Renaud. S'il y en a qui sont faits l'un pour l'autre, c'est eux deux : Roland et Angélique. Mais pour l'instant Angélique est introuvable et son cœur insondable. L'aime-t-elle encore ?

Les mains se passent le portrait en silence et les mentons impriment un mouvement qui ressemble à un non de la tête. Les interlocuteurs sont filmés en plongée depuis le cheval de Roland, je montre ce que Roland voit. Le dernier à l'avoir croisée est Renaud. Joignons Renaud. Mais les téléphones portables n'existent pas, sinon Roland aurait appelé directement Angélique. Cherchons Renaud, alors. Mais Roland risque de perdre la trace d'Angélique en chemin. Que faire ?

5e plan de la séquence 3 : Roland en est là de ses interrogations quand une petite voix aiguë le hèle du milieu d'un torrent qu'il s'apprêtait à traverser mais auquel il ne trouvait pas de pont. Les mois et une saison ont passé depuis que Roland a quitté la bataille de Paris : nous sommes le 4 janvier 768 aux alentours de quatorze heures. Dans deux mois le courant s'apprêtera à subir les assauts du dégel et ce qui reste d'un pont laisse penser que quelque chose de ce genre s'est écroulé récemment. La petite voix l'invite à venir dans la barque pour rejoindre l'autre bord. Le grand Roland et la petite voix se trouvent en prise avec le Couesnon qui sépare la Normandie de la Bretagne et se jette dans la Manche. Cette petite voix est celle d'une fillette en pleurs, nous verrons pourquoi, qui profite d'avoir Roland dans la barque à ses côtés lors de la traversée pour implorer son secours, nous verrons comment. Un bon chevalier comme Roland a pour mission de porter assistance à qui la nécessite, quels que soient son emploi du temps et ses intentions en cours. Or la fillette, une messagère d'outre-Manche qui l'a reconnu malgré son armure maure, ou plutôt a reconnu son cheval car elle aime beaucoup les chevaux, l'informe d'une situation dramatique que lui seul peut résoudre : près des côtes de l'île d'Ébude dans la mer d'Irlande, on enchaîne tous les jours une jeune fille à un rocher afin de la donner à manger à un monstre marin.

Les mauvais pressentiments de Roland quant à la situation d'Angélique semblent se confirmer. Il est sûr que cette demoiselle en danger n'est autre qu'Angélique elle-même, et il a raison. L'annonce marque un tournant dans le film, un coup d'accélérateur à un rythme déjà enlevé, sous-tendu d'un suspense microdosé qui va aller en s'amplifiant, et le montage se chargera de rendre le résultat plus rapide encore. C'est une sorte de bonne nouvelle cette annonce car au moins il va la retrouver. Sauf qu'après avoir embarqué à Saint-Malo pour l'Angleterre et, faute de vent, échoué à Anvers sur la côte des Flandres, un vieillard l'interpelle à son tour et le conjure de le suivre : quelqu'un d'autre a besoin de lui en Hollande : la comtesse Olympie. Roland, pris au piège en quelque sorte de la géographie, aura plus vite fait de répondre à cette dernière mission qu'il compte régler rapidement, plutôt que de rejoindre Angélique en Irlande. Donc il accepte. Il y a pourtant des fois où il faut savoir dire non. Car Angélique va lui échapper pour de bon cette fois. Et il l'ignore, bien évidemment.

CHAPITRE 4

Où l'on commence à en apprendre un peu plus sur le tournage

Au montage j'hésite à commencer mon film par la scène liminaire du chapitre que vous venez de lire où Roland se lève : la nuit, le froid, Paris, la neige, le gel dans l'obscurité, le Moyen Âge éclairé à la flamme, une ambiance à la fois paisible et inquiétante, une pause ou une introduction dans un grand ensemble qu'on sent terrible (la guerre), qu'on imagine seulement, par métonymie et suggestion.

Roland allongé qui se retourne dans son lit, et ensuite sa sortie de la tente, son évolution dans le camp et sa sortie du camp. Le générique de début, avec la musique (violoncelles et suaves envolées de contrebasses qui se croisent, tournent, montent, samples symphoniques, peut-être un peu de nappes électroniques à la M83) et les premiers noms sur l'écran, tout commence quelques secondes après la sortie de la tente et dure pendant le parcours acrobatique de Roland dans le camp. La chevauchée à travers la France, l'Europe, elle, se fait dans le silence, sans beaucoup de dialogues, avec des moments calmes et une insistance sur le détail de certains sons simples, celui du fer des sabots contre la terre et les cailloux, les graviers, de la respiration du cavalier, afin de familiariser le spectateur avec Roland, de donner à ce dernier un aspect accessible, de montrer que parmi tous les personnages déjà présents et à venir, le centre, c'est lui.

Et le centre du tournage ce serait lui aussi : Riccardo Zacchetti, alias Ric Washington ou Zac pour les intimes – celui qui joue Roland.

Beaucoup de noms et de surnoms pour une seule personne (Ric, Wash, Zac), raccord avec sa personnalité complexe. Excentrique, excessif, il faisait tout pour attirer l'attention et créer des problèmes.

Physiquement rien à redire : jeune beau mec de trente-trois ans qui en fait dix de moins grâce au maquillage et à Photoshop. Genre Alain Delon à vingt ans, en plus charpenté. Faut dire qu'il est censé incarner la beauté absolue. C'est le héros de l'histoire, le chevalier invulnérable. Il doit crever l'écran.

Marc, mon directeur de casting, a tout de suite été envoûté par sa plastique séduisante, son corps athlétique. Il était allé le dénicher à Naples où il sévissait en tant que starlette dans un feuilleton télévisé mélodramatique de série B pour adolescentes (une sitcom tournée en Italie mais diffusée en Hongrie). Il se rêvait star de cinéma mais n'avait pas assez de talent pour. Il s'était retrouvé dans ce genre de rôles après avoir connu un peu de succès comme acteur puis réalisateur de péplums d'orientation pornographique en Afrique du Nord, où pour des raisons de contrats frauduleux, de techniciens non payés et d'éthique religieuse il avait dû cesser d'exercer – de mauvaises langues disent qu'il n'arrivait plus à bander. C'est là qu'il apprit l'arabe, fut initié à l'islam tout en restant de confession chrétienne (exactement comme Roland), et pour notre histoire cosmopolite et œcuménique tous ces mélanges de langues, de religions ne pouvaient être que des avantages. Il accueillit le projet avec joie, surtout quand je lui révélai le nom de l'actrice qui interprétait Bradamante la Chevalière Blanche, que tout le petit milieu s'arrachait : Barbarella Bridget-Connors, surnommée Marabella en souvenir de son enfance sur la côte tyrrhénienne, italo-autrichienne par sa mère, américaine par son père. Vit entre Paris et New York. Mannequin. Étoffe d'une star. Très très belle. À la fois masculine et féminine, comme Milla Jovovich dans *Le Cinquième Élément* mais avec dans le visage quelque chose de plus doux encore. J'ai eu beaucoup de chance de la rencontrer. Tout le monde la voulait dans son film. Elle a accepté de s'entretenir avec moi et le courant est passé. Elle a trouvé mon projet fou, j'avais selon elle une part de génie. Pas très raisonnable ni académique dans la façon de procéder, m'amenant à évoluer hors des sentiers battus et à en payer le prix fort, mais enthousiasmante. Mon budget réduit, un million d'euros (ça paraît élevé mais pour un film c'est peu), ainsi que sa faible rémunération ne l'ont pas refroidie. Elle croyait à mon film plus que tout. Elle était prête à le faire pour la beauté du geste.

En apparence Riccardo collait à l'image que je me faisais du personnage de Roland. Ça a compté dans notre choix. Et son manque de talent à jouer la comédie le rendait accessible en termes de coût. Donc on l'a pris. On l'a pris, disons-le, à moitié par dépit, faute d'avoir trouvé quelqu'un qui joue mieux, et pressés par le temps. On se disait qu'on pourrait toujours le diriger de près, le pousser dans ses retranchements, l'épuiser, tout modifier au montage, regards, expressions importantes. L'acteur devait aussi dégager quelque chose de fragile psychologiquement, et c'était le cas. Comme l'indique le titre de l'œuvre dont je m'inspire, Roland est censé devenir fou furieux, totalement péter un câble. L'épisode où, à l'état de monstre, dénué de raison, il sèmera la terreur autour de lui se trouve au centre de l'histoire ; à l'origine tout s'articulait autour. Ensuite j'ai modifié.

Lors du casting, il était demandé au comédien de se laisser aller à la colère, au délire, à la folie. De devenir un diable. Au début je voulais Leonardo DiCaprio parce que c'est le seul qui sache vraiment bien faire cela, vriller avec génie. Le mec normal, posé, qui déconnecte brutalement de la réalité. L'ange qui devient démon. Ses yeux surtout, dans ces cas-là, pour un cinéaste, sont extraordinaires d'expression. Mais il était trop cher. Mes comédiens le savent : mon budget est limité. La plupart sont des comédiens en perte de vitesse, prêts à accepter n'importe quoi pourvu que ce soit du cinéma. Et moi je leur dis : vous faites ça pour la gloire. Mon film sera culte. Dans quelques années vous serez cultes aussi (il faut savoir être persuasif quand on est réalisateur, même si on n'est pas sûr que le film existe – aucun distributeur ne voulait alors de mon projet, je m'autofinançais en produisant à perte : un tiers du budget sur la table et le reste en emprunt).

Sans attendre que la situation se débloque, je commencerais le tournage, dans l'espoir d'une bonne âme qui prenne le train en marche.

Au cours de l'été, nous nous étions accordés un week-end en Dordogne dans un manoir avec piscine et terrain de tennis, gracieusement prêté par la cousine d'Hélène, la stagiaire maquilleuse, pour apprendre à vivre ensemble et à nous connaître. Tout le monde n'avait pas pu venir. Sur la petite douzaine d'acteurs principaux, seuls cinq avaient fait le déplacement et pas les meilleurs. Car il y en avait dans le lot qui étaient de bons comédiens : ceux qui interprétaient Roger, Renaud, Astolphe, et au-dessus de la mêlée Marabella pour Bradamante. Les autres, ceux qui étaient là autour d'Astolphe, venaient de plusieurs pays, essentiellement de l'est de l'Europe, parlaient des langues différentes et ne maîtrisaient pas tous l'anglais ni le français. La communication serait compliquée.

À peine le week-end commencé, j'avais senti les personnalités à problème : Riccardo, donc, que je rencontrai pour la première fois, mais aussi Isabelle George qui jouait Angélique, dont je parlerai plus tard. Dans l'idéal, pour le rôle d'Angélique j'aurais vu Brigitte Bardot jeune (flamboyante, glamour). Belmondo aurait convenu au jeu physique et espiègle de Roger. Voilà les images de gosse que j'avais en tête quand je me suis lancé dans mon histoire. Le cinéma est une affaire de gosse. Mes références remontent à quand j'avais douze ou treize ans et regardais les films de Sidney Lumet, mon maître à jamais, pour sa technique, ses scénarios ; Martin Scorsese pour son sens de la narration ; Tarantino et Almodóvar pour leur esthétique très marquée ; Sergio Leone pour la révolution des plans ; François Truffaut pour sa fraîcheur ; Philippe de Broca pour sa liberté et bien sûr Hitchcock (pour tout).

Mes goûts, certes grand public, ne m'empêchent pas d'aimer des films plus expérimentaux ou confidentiels. J'ai un faible pour *The Swimmer* (sa caméra qui tremble au début) ainsi que pour les noirs et blancs des années cinquante, ou le cinéma muet (Buster Keaton). Ce qui compte : vibrer.

Au lieu de quoi, je devais me coltiner des acteurs de seconde zone à l'ego surdimensionné et n'ayant aucune confiance en eux.

Riccardo, il vénérait Kirk Morris, un acteur italien des années soixante qui se faisait passer pour un Américain et qu'on repéra dans une salle de musculation placardée de miroirs. Dans un film de Freda (*Maciste en enfer*), on le voyait rentrer le ventre quand il jouait et arborer un slip panthère un peu lâche rembourré de boules de coton pour grossir son sexe. Kirk Morris, c'était son idole, à Riccardo. L'Amérique, à plus forte raison, constituait son rêve ultime. Un jour, disait-il, je serai citoyen américain. Je jouerai avec les plus grands dans des slips panthère (j'irai retrouver Julio, mon petit Julio). Il parlait souvent de Julio qui avait partagé sa vie pendant deux ans avant de partir à Hollywood où il épluchait les boulots d'assistant technique en attendant un premier rôle. Ensemble ils avaient eu un chien glapif et joueur (Nexus) dont la garde échoyait juridiquement à Riccardo mais qu'il avait confié à sa mère napolitaine – sous prétexte qu'il lui rappelait trop Julio.

Riccardo ne se déplaçait jamais sans son agente, une Anglaise du nom de Deborah More qui parlait couramment français et lui servait de traductrice. Impitoyable avec l'équipe, elle exigeait pour son protégé un tas de privilèges matériels : ombrelle tenue à bout de bras quand il traversait la partie ensoleillée du jardin, pas de fruits de mer, fruits de saison oui, dans une corbeille en osier naturel exposée sur sa table de nuit, lit orienté est-ouest, draps de lin, jacuzzi, eau de piscine à vingt-six, climatiseur dans la chambre réglé sur vingt et un, aucune araignée nulle part, aux murs des tableaux et photographies de la région de son enfance – les Abruzzes. Et du gin. Beaucoup de gin. Elle nous faisait le chantage que sans toutes ces conditions réunies l'assurance ne jouerait pas, elle ferait interrompre le film qui serait abandonné même avec un certificat de bon achèvement (elle semblait très infiltrée partout). Elle-même ne se déplaçait jamais sans son agente, une femme aux cheveux rouges coupés au carré qui observait tout d'un regard bleu anguleux sans jamais parler et dont je ne sus jamais le nom, juste le prénom. Elle faisait également office de maquilleuse officielle de la starlette du temps de sa sitcom, et le salaire qu'elle exigeait me coûtait cher.

Là où j'ai vraiment compris qu'il allait falloir composer sérieusement avec ces deux-là, enfin avec ces trois-là, c'est pendant la partie de tennis qui était censée renforcer les liens. Parce qu'il commençait à perdre, le comédien italien qui jouait en double avec un comédien irlandais (William O'Brian, solide joueur de polo, lequel interprétera le rôle d'Astolphe) tomba à genoux sur le terrain en implorant bruyamment le ciel de lui venir en aide, s'écorchant superficiellement au passage les genoux, et se mettant à pleurer doucement par à-coups en se repliant sur lui-même. Les deux agentes firent appel à un médecin qui pénétra sur le terrain en trottinant, équipé d'une civière, et le joueur fut transporté aux urgences les plus proches. Jusqu'à son retour, Deborah More et son agente aux cheveux rouges ne me quittèrent pas d'une semelle, téléphone accroché à l'oreille, me menaçant du pire si jamais il lui était arrivé quelque chose.

À la partie suivante du dimanche après-midi, son partenaire, un figurant qui jouerait un client à la table de l'auberge au début du film et qui était mon neveu, fit semblant de perdre comme je le lui conseillai : incident clos. Riccardo, revenu dans la nuit après avoir subi une batterie d'examens, retrouve l'estime de lui-même, il est content, tout va bien.

Impensable pourtant de continuer à subir ce genre d'humeurs : je m'étais mis la veille à la recherche d'un médiateur social, d'un psychologue ou de n'importe qui capable de le raisonner. Et j'ai eu raison. Tous les réalisateurs devraient agir ainsi. Elle s'appelle Estelle, elle a dix ans d'exercice en prison, trois en entreprise, elle est jeune, spontanée, naturelle, tout le monde va l'adorer. Elle désamorcera les conflits.

Elle arrive le dimanche à l'aube, comme une apparition. En la voyant venir de loin, on avait l'impression qu'elle marchait sur la ligne séparant le ciel de la terre. Et même, qu'elle volait à quelques centimètres du sol. Quand elle parle elle bouge souvent la tête et ça fait remuer sa queue-de-cheval dans tous les sens. Comme en plus elle porte de larges boucles d'oreilles, ça fait tout remuer en même temps.

Les matinées étaient consacrées aux répétitions générales, et en guise de répétitions imaginez huit personnes assises de façon aléatoire autour d'une table dans la cuisine, dont trois font partie de l'équipe de tournage (Phil, Régis, Marc) et jouent le rôle des absents en lisant le scénario, ou devrais-je dire le livret ne comportant aucun dialogue mais un résumé de chaque séquence. La première étape fut conclue en moins d'une heure au lieu de trois jours pour n'importe quel film qui se respecte, et le lendemain nous recommençâmes mais debout, en situation. Ceux qui étaient à cheval s'asseyaient sur des chaises, se déplaçaient sur leur chaise en faisant grincer les pieds sur le plancher. Ceux qui restaient debout feignaient de se battre avec comme armes de duel une écuelle, une louche ou un rouleau à pâtisserie, ou couraient dans la pièce en hurlant. Pour les besoins du rôle, Riccardo s'était déshabillé, drapé dans un linge de bain blanc qu'il avait revêtu comme une tunique. Je lui dis de marcher en traînant des pieds, pour voir, d'aller et venir, c'est bien, continue comme ça, et il s'est débrouillé pour se planter dans le pied une écharde du plancher.

Je leur faisais jouer la colère, la peur, le soulagement, la joie de courte durée, l'attendrissement. Jean-Claude Maf, qui endosse le rôle de Ferragus, de lui-même, pour répéter sa scène, avait pris l'initiative de pêcher son casque au-dessus de l'évier. Comme il était atteint d'un léger strabisme il ne pêchait pas exactement au-dessus du bac, plutôt au-dessus de la poubelle ouverte, pleine. Isabelle George mimait Angélique au repos en s'allongeant sous la table comme s'il se fût agi d'un buisson et quelqu'un jouait l'agresseur à ses côtés. Ils s'exécutaient tous sans nuance mais avec un certain professionnalisme, on sentait qu'ils avaient de l'expérience même si c'était mauvais. Or j'apprendrais que les meilleurs de mes comédiens (ceux qui n'avaient pu se déplacer) n'auraient justement aucun passé dans le métier. Ils étaient, pour ainsi dire, vierges.

Isabelle George n'était pas mauvaise, elle venait du théâtre, mais chieuse, comme Angélique, du genre à discuter de tout, à tout revoir, à vite hausser le ton et même à gueuler. Elle tenait à être toujours très bien habillée entre les prises, belle robe et belles chaussures à la mode, parfois ample chapeau comme si elle allait à un bal ou à une réception parisienne, et d'ailleurs elle vivait à Paris depuis qu'elle avait quitté Barcelone et Carlos, un metteur en scène très moderne qui n'utilisait sur scène aucun personnage, uniquement des hologrammes. Ah, Paris, se pâmait-elle, c'est merveilleux, on y fait des rencontres incroyables. Ce qu'elle préférait : la place Vendôme le samedi et Montmartre le dimanche, avec son petit village de peintres, musée à ciel ouvert charriant d'incessantes vagues de touristes dispendieux, comme Rome et tant d'autres sites jadis charmants et aujourd'hui défigurés, mais ça n'a pas l'air de la gêner. Le problème d'Isabelle George, comme de certains autres, c'est qu'en tant que comédienne de théâtre elle était complexée vis-à-vis de ceux qui venaient du petit et du grand écran, où la façon de travailler est assez proche mais plus impressionnante, avec plus de monde autour, de lumière, d'attente, de déplacements (seuls quelques-uns venaient du cinéma). Ce genre de rivalité est assez commune entre gens du métier, et sur un film il faut faire preuve de diplomatie pour y remédier. Surtout qu'elle se prenait pour une diva. Tout de suite elle vit en Marabella, belle, classe, américaine, une rivale. Mais Marabella, elle, pas du tout. Elle était très gentille avec Isabelle. Elle était très gentille avec tout le monde.

L'alcool aidant, et Isabelle n'était pas la dernière à se servir, le groupe devint vite impossible à maîtriser et je laissai seul le petit comité pour errer dans le parc pendant un quart d'heure. Je réfléchissais au film, j'essayais de me mettre dans l'ambiance du Moyen Âge, ou plutôt d'y rester car depuis plusieurs mois je nageais dedans. J'avais amassé un tas de recherches sur le sujet et je comptais leur distribuer des albums avec des images de l'époque, des dessins, leur projeter des films avant la fin du week-end, leur montrer les costumes, les armes que j'avais amassées, certaines véritables.

Personne de la troupe n'avait entendu parler de *Roland furieux*, lu encore moins. Riccardo disait vaguement avoir remarqué, enfant, des représentations de cette légende en Sicile, sur les marchés, avec des personnages taillés dans le bois des charrettes ou en bas-relief sur certains bâtiments. Mais rien de plus. Je leur avais apporté le livre traduit en plusieurs langues dans l'espoir qu'ils y jettent un œil. Cela pourrait faire office de scénario (un scénario de mille pages, je doute qu'ils le dévorent). Je leur parlerais également de ma vision de l'aventure, de la chevalerie, de comment je perçois la réalisation d'un film de chevalerie à notre époque.

Un chevalier est un super-héros du passé, donc la frontière n'est pas loin avec les Avengers d'aujourd'hui. On peut donner une touche futuriste à un film médiéval. C'était mon intention : mélanger les époques pour atteindre à un temps universel où tout le monde se retrouve. Je les mettrais dans la confidence de ces vues, ainsi me feraient-ils confiance et il s'instaurerait entre nous une relation intime, source évidente de réussite. Mais je ne savais même pas quoi leur dire – le thème de l'aventure, il me tenait tellement à cœur qu'il était mouvant comme la pensée ; impossible de l'enfermer dans une vision unique. Je doutais sérieusement d'être à la hauteur d'un réalisateur, d'arriver à maîtriser mes comédiens, à être leur directeur, c'est-à-dire celui qui les dirige et décide de tout. Mais les choses étaient engagées. Il fallait continuer.

Estelle, la psychologue, me rejoignit devant un petit plan d'eau avec des canards en plastique pour attirer ou chasser les autres canards, et rien que sa présence vous illumine. Son regard vous hypnotise par sa contenance, comme si elle lisait en vous. À moins que ce ne soit le pendule de ses boucles d'oreilles. Nous restâmes un moment à observer le mouvement des ajoncs dans le vent, à parler des canards en cherchant l'espèce à laquelle on avait voulu qu'ils ressemblent (et à parler de certains aspects du film qui m'inquiétaient), puis elle dut retourner à la cuisine car Riccardo se faisait remarquer par d'intempestifs hurlements (quelqu'un avait renversé une bouteille de vin et il n'osait plus marcher dans la pièce à cause des tessons éparpillés ; en plus on lui avait piqué sa serviette de bain et il avait encore son écharde sous le pied).

Je doute que ce week-end servît à quelque chose mais il me permit de faire la connaissance d'Estelle, et rien que pour cette raison je me félicitai.

La plupart des lieux de tournage je les visualisais : ce seraient des forêts. Des forêts constituées de chênes pour l'essentiel, des chênes moussus, avec des rochers, des vals, genre forêt de Bretagne, forêt de Brocéliande puisque c'est le pays d'Arthur et de Merlin et que *Roland furieux* s'inscrit dans la légende arthurienne. Mais aussi forêts de montagnes pour certaines prises, avec des conifères, des pentes. Et quelques vues en prairie. J'avais donc en tête celle de Rambouillet où avait été tourné en partie *Astérix et Obélix*. Elle présentait l'avantage, outre de n'être pas loin de Paris et de ne pas engager trop de frais de transport, de ressembler à peu près à une forêt armoricaine, fougères en plus. Mais elle était trop onéreuse. Il fallait quitter la région. J'ai prospecté du côté de la Normandie, la plupart des terres y étant privées, et c'est finalement dans le Val de

Loire que j'ai trouvé ce qu'il me fallait pour commencer. En cas d'intempéries j'avais même une solution de repli, où j'envisageais d'assurer le tiers de mon tournage : un minuscule studio construit à moindre coût par l'oncle menuisier d'un ami, dans une cave du Tarn. Et pour limiter la note des décors je prévoyais des prises de vue en réel dans des villages médiévaux : à Provins pas trop loin de Rambouillet, et à Locronan dans le Finistère. Les déplacements s'effectueraient en camionnette, il y aurait un prix à payer assez important pour le transport et la location, surtout que je ne comptais pas regrouper mes voyages mais agir sur des coups de tête.

Je mis quelques plans dans la boîte au cours de l'été précédant le tournage, avant et après notre week-end d'intégration. Je prévoyais de quitter parfois l'équipe pendant le film pour enregistrer des vues de mon côté, prendre de l'avance sur les scènes de montagne par exemple ou sur le littoral du sud de la France qui servirait de décor à la fin du film. Je laisserais Marc, qui m'assistait aussi à la réalisation et à la photographie, continuer la direction de son côté. Normalement ce n'est pas le réalisateur qui fait ça, mais j'étais content de me retrouver seul et de souffler un peu.

J'avoue que je m'y prenais n'importe comment, un réalisateur ne lâche pas son équipe, mais l'écriture de romans m'avait habitué à une certaine pratique de la liberté et de la solitude, et j'étais bien incapable de m'organiser mieux. J'assurais l'essentiel. Par exemple qu'il faudrait construire un camp militaire pour la séquence du départ de Roland, et malgré le recours au studio trouver des terres en plein air qui fassent office de champ de bataille pour le réalisme de certains détails, plus un coin de ville pour reconstituer Paris au Moyen Âge. J'avais repéré un terrain vague à la sortie d'Amboise en visitant les châteaux de la Loire quelques années auparavant. Il évoquait parfaitement ce que j'avais en tête pour le camp et les batailles : dénudement, ondulations du plan, avec la forêt autour. Et la ville d'Amboise pouvait à certains égards, en imaginant quelques retouches, faire penser à des angles parisiens. Les deux lieux, correspondant à deux moments distincts de tournage, présentaient l'avantage d'être voisins. Nous y retournâmes avec Marc et reçûmes l'autorisation de la commune, camp, champ et ville compris, mais pour quelques jours seulement. Les contours de la cité qu'on apercevait à l'est de la campagne depuis le champ pourraient laisser croire à la présence de Paris au Moyen Âge, c'était parfait. Les effets numériques parachèveraient l'illusion.

Quand je dis que je n'avais pas de scénario, j'avais tout de même un guide. Mon film s'inspire d'un livre, donc je me servais du livre. Je suivais le fil narratif de l'Arioste dans les grandes lignes, et pour une narration plus resserrée je me référais au livre de Calvino. À partir de sa ligne déjà étroite, j'avais résumé puis épuré chaque chapitre, supprimé certains événements et personnages pour en créer d'autres, pour percer des entrées là où il n'y en avait pas, établir des liens entre différentes parties de la nouvelle histoire, orienter une version personnelle et inédite. Je voulais aller droit au but et imprimer ma marque. Que le spectateur ne s'ennuie pas. Je disposais ainsi d'une fiche recto pour chaque chapitre de mon script, qui présentait succinctement ma version à moi de *Roland furieux*. Grâce à cette organisation en petites parties, je voyais à peu près comment procéder, comment et où filmer, avec qui etc. Mais il n'y avait que moi pour le savoir. Tout était dans ma tête. Aucune mention nulle part de quoi que ce soit de technique.

Cette façon de faire n'a pas été du goût de tout le monde. Il y a eu des tensions. L'équipe et les comédiens me l'ont reproché. Certains acteurs ont besoin de se sentir encadrés. Alors j'ai dû m'adapter en cours de route. Écrire noir sur blanc ce que je voulais, ce que j'attendais, même si je l'ignorais. C'est très difficile de préciser ce qui est de l'ordre de l'intuition, d'une idée déjà vivante mais pas assez pour l'énoncer. C'est même contre-productif, contre nature. Je ne fais jamais cela quand j'écris un livre. J'ai pourtant dû me plier à cet exercice. En ajoutant tous les obstacles extérieurs qui se sont dressés devant moi, je peux même dire que je n'ai cessé de m'adapter.

Nous commençâmes à filmer un 13 novembre, trois mois après le week-end d'intégration, par la cavalcade d'ouverture.

Comme la plupart des scènes seraient jouées en extérieur, deux périodes de tournage étaient prévues, chacune correspondant à une atmosphère censée imprégner la pellicule – je dis pellicule par tradition mais je tourne directement en numérique.

Une première période hivernale, sombre, s'étalerait de mi-novembre à mi-décembre : paysage épuré, ambiance feutrée, jeu sur les ombres et les lumières pâles, temps de l'errance.

Une seconde période printanière, d'avril à mai : chaleur des couleurs et des plans, réconfort, temps de l'amour retrouvé.

En tout : deux mois de tournage, que bientôt des raisons budgétaires réduiraient à six semaines, moins les jours de retard (8), ce qui nous fait un total de cinq semaines tout au plus, autrement dit presque rien. Tout dans l'urgence.

Avec les premières images du film, le spectateur débarque au milieu d'une poursuite à cheval. Il est tour à tour cavalier et spectateur. Les premiers plans coïncident avec les premières secondes de la chanson « Ride into the Sun » de Lou Reed dans l'album éponyme de 1972. J'adore cette chanson. Dès le début on l'envoie, plein volume, son Dolby stéréo. La musique arrive avec la première image, le premier mouvement. Comme un clip. Je tiens à cette chanson. Elle illustre parfaitement un cheval au galop, elle est elle-même galopante, elle raconte une histoire qui a déjà commencé. Ça dure une dizaine de secondes comme ça, dans une course frénétique, puis plan large sur des arbres perpendiculaires au sol (graphisme de l'image, éclairage artificiel par-derrière pour bien faire apparaître la découpe des troncs en contre-jour). Un premier cheval à droite vient à traverser, puis un second quelques secondes plus tard, qui le suit (le volume de la musique a diminué temporairement pour bien faire entendre le bruit des sabots qui labourent la terre et celui des feuilles froissées qui se retournent, avant de remonter dès le plan suivant, fort).

La couleur des feuilles en automne, l'ambiance un peu particulière d'un petit matin humide et froid de sous-bois avec la sueur des chevaux qui s'exhale de leur torse, j'y tenais, je l'ai déjà dit. Mais quand nous sommes arrivés, une tempête ayant ravagé le coin avait arraché des branches toutes les feuilles des chênes, des hêtres, des charmes, des bouleaux et des érables. Le vent avait transformé le paysage que je souhaitais accrocheur en une scène morne. Donc ça n'allait plus. On avait pourtant planifié de passer quinze jours sur place, réservé chambres et repas à la Table de Mathilde, une auberge-restaurant locale, ainsi que dans des Gîtes et Logis de France. Un agent de sécurité veillerait sur le matériel en dormant sur place dans une des camionnettes. Il se trouvait déjà là et était surnommé Malabar. Alors je n'ai pas eu d'autre choix que de proposer l'impensable : reconstituer tout le feuillage en découpant des patrons de feuilles de couleur vive dans du papier crépon, avant d'accrocher aux arbres tous les petits losanges ainsi recueillis à l'aide de ruban adhésif transparent. Ça nous a mis deux jours de retard sur le planning mais le résultat fut encore plus beau qu'au naturel. Pendant ces deux jours l'équipe a dû patienter et chacun s'est occupé comme il a pu, mettant parfois la main aux activités pratiques.

Riccardo alias Roland venait d'arriver quelque temps auparavant pour finir d'apprendre à monter à cheval et répéter la chorégraphie de sa sortie du camp qui serait tournée la semaine suivante à Amboise, pas très loin de là, au camp chrétien reconstitué. Ancien gymnaste, il tenait à jouer lui-même ces acrobaties pour être payé plus cher et obtenir la prime de risque (mais s'il se blessait nous n'aurions plus d'acteur principal). Par manque de temps, nous avions calé dans la foulée les répétitions des scènes de combat à cheval avec les doublures cascades. L'équipe de cascadeurs se composait de huit garçons et deux filles, presque tous français, issus de la troupe Les Étoiles de Montrouge, à peine plus âgés que les personnages de l'histoire (une vingtaine d'années). Pour les besoins du film certains garçons se grimeraient en filles et les filles en garçons, notamment pour les numéros de torche humaine que seule savait exécuter Johanna, et pour d'autres acrobaties dont les garçons étaient spécialistes, flips arrière sans les mains, poursuites à cheval, chutes de tour, d'escalier, chutes de cheval. C'était une équipe formidable, enjouée, dynamique, d'humeur constante et leur présence irradiait. Thor, qui les dirigeait, n'était pas pour rien dans cette constance. Thor : un cascadeur d'adoption biélorusse surnommé ainsi en raison de son imposante carrure, ancien champion d'arts martiaux et cascadeur comme je l'ai été, dans une troupe de cirque d'Amérique du Sud où il sévit la moitié de l'année en tant que motard pour le spectaculaire numéro de la boule de la mort : deux, trois, jusqu'à quatre motos lancées à pleine vitesse qui se croisent dans une boule fermée. En plus d'être le chef cascades du film et le chorégraphe des combats, Thor était le coach physique attitré de Riccardo. Thor et moi avions fait équipe pendant une année à Compiègne, en championnat de gymnastique, vers l'âge de treize ans, avant de nous orienter vers la cascade, en amateurs d'abord puis en professionnel pour lui. Ensuite nos chemins s'étaient séparés, il avait continué dans la cascade et le sport, moi bifurqué vers le théâtre (comédie et mise en scène).

Mais depuis son arrivée en France, Riccardo avait un lumbago. Ce mal s'était déclaré après qu'il eut soulevé sa valise du coffre de la voiture du chauffeur pour la faire rouler jusqu'à sa chambre. Deborah s'était précipitée pour lui dire qu'il y avait un porteur à cet effet (elle), mais trop tard. Il se déplaçait douloureusement. Il disait dans un anglais approximatif que ça irait, mais ô mon dos comme il me fait mal. Dottore, dottore, gémissait-il à mon encontre (il m'appelait Dottore ou Maestro comme c'est d'usage en Italie de nommer son réalisateur, et pensait que je pouvais tout résoudre pour lui, comme un père). Je le réconfortais en lui assurant que son dos allait vite se remettre. Il a fallu pourtant composer car une semaine plus tard c'était sa cheville qui avait enflé et le faisait boiter. Donc pour toutes les scènes de course avec Roland de dos dans le camp de nuit, à sauter, tourner, faire ce qu'on appelle du parcours urbain, Thor, qui avait à peu près sa taille – bien que légèrement plus costaud –, le doublerait. Les gros plans de face ou de profil, eux, montreraient Riccardo. J'alternerais les images de Thor en mouvement et du visage de Riccardo à l'arrêt, afin que l'illusion soit totale. L'errance à cheval qui suivait la désertion de Roland serait filmée en conditions réelles ainsi qu'en studio (que je réservais pour les trucages, notamment ici pour la neige), sur un tapis roulant face à un écran de synthèse. On ne pouvait pas tourner dans toutes les régions de France où elle s'étendait, ça serait trop long et nécessiterait des moyens considérables par rapport au temps utile (trois minutes trente par jour).

Riccardo avait froid. Riccardo avait faim. Riccardo voulait boire du gin. À jeun, il pleurait continuellement en disant que Julio, qu'il avait connu à huit ans dans un chœur de servants de messe, ne reviendrait jamais, qu'à Hollywood il allait refaire sa vie – il ne donnait plus de nouvelles, il l'avait oublié. Riccardo gardait une photographie de lui dans son portefeuille qui le représentait en aube à dix ans. Il la montrait aux techniciens, à moi, à toute personne se trouvant près de lui. Elle faisait voir un jeune garçon blond, aux traits fins, coiffé d'une raie sur le côté, accompagné d'autres camarades visiblement en train de chanter, la bouche grande ouverte, les yeux tournés vers le ciel, dont Riccardo, deuxième rang en partant du haut, à gauche, le troisième. C'est quand il avait bu que Riccardo se tenait à peu près convenablement, devenait résistant physiquement, fort affectivement, l'allure fière, le menton haut, plein de confiance en lui, et qu'il jouait la comédie. Mais cet état de transe ne durait qu'un moment, et jamais quand la caméra fonctionnait ni qu'on répétait. Plutôt en coulisses, aux repas ou le soir avant de se coucher. Les caméras de cinéma lui faisaient peur, pas plus impressionnantes que ce qu'il avait déjà vu en télé, moins imposantes, moins nombreuses, mais avec beaucoup de monde autour et sur à peine une heure trente de film pas le droit à l'erreur, grosse pression sur ses épaules.

C'était ça son blocage : tous ces gens et les caméras braquées sur lui avec leur œil obscène qui le fixe et imprime sa propre image pour l'éternité, leur corps carré qu'il assimilait à celui d'un robot, d'une créature hybride. Il craignait qu'elle ne le mange, le dévore tout nu. Quand il débourrait il se renfrognait et quittait le plateau en injuriant tout le monde. Estelle avait déjà commencé son travail, et pendant deux jours on ne les avait plus vus, ils avaient parlé jour et nuit. J'ai promis à Riccardo que s'il faisait des efforts de comportement on essaierait de retrouver Julio. J'ai des relations haut placées en Amérique, lui ai-je fait croire (pour le bien de son film, il faut parfois savoir mentir). Son visage s'est illuminé. Estelle ne le quitterait plus, au point de rendre jalouse Deborah. N'empêche qu'il n'a plus posé de problème jusqu'à un certain moment.

À partir du deuxième jour, juste après qu'on eut fini d'installer les fausses feuilles aux arbres et alors qu'on commençait à tourner, il s'est mis à pleuvoir. Une pluie fine d'abord, pénétrante, qui devint vers dix heures forte, gênante, inexploitable, abîmant le matériel et visible à l'image. Il y eut des coulées de boue, un débordement de rivière, des glissements de terrain. Les couleurs ne ressortaient plus comme je le voulais. Pire : elles se ternissaient, déteignaient. Et la pluie n'avait absolument pas sa place dans cette séquence. Comme la météo s'annonçait exécrable pour toute la semaine, nous dûmes prendre la décision d'avancer nos dates de tournage en studio et nous réfugier dans le Tarn. J'avais pu enregistrer quelques prises de chevaux en mouvement et des plans de Ferragus devant l'étang, ou plutôt la mare (en guise de rivière), que je couplerais aux vues d'intérieur. Le tournage à Amboise, prévu la semaine suivante, restait maintenu car on ne pouvait déplacer tout ce qui avait été construit pour le camp. J'espérais seulement parvenir à remplacer les gouttes de pluie par des flocons de neige. Tout cela nous a coûté de l'argent et du temps. On peut dire que dès le début on a été mis sous pression. Ça irait en s'aggravant.

CHAPITRE 5

Retour au film : les oubliés des îles lointaines

Rappel de notre histoire : le chevalier Roger et Bradamante la Chevalière Blanche se sont quittés après la chute du château d'Atlante le magicien. Bradamante était désespérée de voir Roger partir dans les airs.

Roger s'envole, donc. Il s'éloigne de Bradamante sur le dos de son cheval ailé. La distance entre Roger sur son hippogriffe et le plancher des vaches se creuse aussi vite que lors du décollage d'un tonique petit avion de tourisme. Cette scène-là aussi je l'ai tournée en studio, sur fond vert pour les effets spéciaux, les paysages, et grâce au recours de câbles qui suspendaient le cheval. Contrairement à ce qu'on pourrait croire, faire voler un cheval est bien moins difficile que de le faire galoper. À tout le moins en studio. Pour la seconde option, nous disposions d'un tapis roulant de taille moyenne sur lequel l'animal peinait à se tenir dans la largeur, et pour qu'il galope nous poussions la vitesse de défilement du plateau au maximum. Mais c'était dangereux, sans compter que les machines étaient conçues pour recevoir le poids d'un homme et pas d'un cheval. Le tapis sautait, se bloquait, la machine se déplaçait, il y en a même une qui s'est retournée. Deux cascadeurs se tenaient prêts sur les côtés à retenir l'animal au cas où il viendrait à dévier, et d'épais matelas rembourrés, étalés tout autour de la structure, minimisaient le danger. Je ne crois pas me tromper en disant que tous les chevaux prenaient plaisir à cet exercice malgré l'inconfort. Un dresseur qui leur était familier les encadrait, leur parlait, les caressait afin qu'ils ne soient pas stressés. On évitait de braquer les projecteurs directement sur eux et toute l'équipe faisait silence. Nous avons fait passer tous les chevaux à la suite, et parfois nous en faisions galoper deux ou trois l'un à côté de l'autre sur plusieurs tapis roulants. Les autres cascadeurs se postaient sur la selle. En effet, les scènes relevant davantage de l'acrobatie que de la pratique équestre, nous les faisions doubler par les cascadeurs. Les casques dissimulant en partie les visages permettaient ce genre de substitution sans risque que le spectateur le remarque. Je parle de casque et pas de heaume ni de cimier car presque tous mes chevaliers portent non pas l'habit traditionnel mais des costumes un peu particuliers, qui esthétiquement rendent le film unique à mon sens : combinaisons souples en latex brillant assez près du corps, bouclier moderne au design bien pensé, casque intégral profilé à visière transparente rétro-éclairée, et une couleur marquée par chevalier : gris clair pour Renaud, vert olive pour

Roger, brun-noir pour Roland, blanc immaculé pour Bradamante. Pour les épées en revanche j'ai souhaité ne pas trancher avec la tradition : il s'agit de véritables armes anciennes, majestueuses. J'ai prévu toutefois des répliques moins lourdes pour les combats, plus faciles à tenir à bout de bras et à faire tournoyer au-dessus de la tête. Mes personnages, tout en ressemblant sans ambiguïté à des chevaliers, emmènent le modèle du genre ailleurs, vers une époque moderne. C'est en tout cas l'effet que j'ai souhaité donner à l'image.

Au fur et à mesure que le personnage de Roger s'élève, les pins commencent à se confondre avec les autres pins, bientôt les étendues de masses vertes formées par les pins commencent à se regrouper et il n'y a plus de distinction entre vallées et vallons, plaines et monts : on vole à présent à bonne allure au-dessus des montagnes de la chaîne des Pyrénées, la plus haute paraissant toute petite. Il fait beau, froid, bonne visibilité. On bénéficie des courants porteurs d'un couloir aérien. À si bonne allure que l'Espagne est traversée en quelques heures à peine et les colonnes d'Hercule, ou détroit de Gibraltar, atteintes avant la nuit. Et c'est vers le soleil couchant que notre cavalier, bien arrimé par la seule force des mains et des cuisses à son cheval volant, se laisse guider par la machine vivante, non sans prendre un certain plaisir à appréhender ce tout nouveau rapport au monde pour lui (c'est-à-dire vu de haut) et à goûter de bonnes sensations de vol, sans trous d'air ni virages appuyés, même à l'arrivée de la nuit qui par définition empêche de discerner quoi que ce soit et ce n'est pas ce qu'il y a de plus agréable.

Nous avons affaire ici au premier homme volant de l'Histoire, il est utile de le signaler, puisque même lors de la rédaction par l'Arioste au seizième siècle de *Roland furieux* les avions, montgolfières, dirigeables, ailes delta n'existaient pas. Que ressent Roger ? Sait-il qu'en se laissant tomber en chute libre il inventerait le parachutisme ? Il a l'air conscient de ses privilèges car il ne veut à aucun moment dormir, plutôt profiter à fond de l'instant. Heureusement pour la fatigue de tout le monde le soleil se lève derrière eux, et aux premiers rayons l'embarcation qui semble sous pilotage automatique entame sa descente vers une île lointaine et inconnue qui pourrait bien faire partie de l'archipel des Açores, ou plus loin des Bermudes.

C'est là le nouveau bout de terre choisi par Atlante pour l'exil de Roger, le plus distant possible de l'Europe et de tout ce qui s'y trame, à plusieurs mois de mer de la première côte et inaccessible par voie d'air autrement que sur dos d'hippogriffe.

Le premier aspect de l'île à travers une percée de couche nuageuse peu épaisse est celui d'un lieu verdoyant et accueillant, planté de palmiers pour la plupart nourrissants, inondé de fontaines limpides et désaltérantes, recouvert de tapis de mousses par milliers de mètres carrés – se pourrait-il agir d'une île enchantée ? Nous verrons que oui, mais aussi hantée.

Un air tiède idéal, ni trop sec ni trop humide, climatise l'ensemble. C'est également celui du studio où nous enregistrons. En plus des trucages numériques, nous avons fait monter un petit décor de végétation exotique factice en mousse et en plastique. Un parfum industriel de jasmin et de gypse embaume l'atmosphère. Pas un serpent ni une araignée en vue ; l'heure est à l'émerveillement : détente absolue. Ce qui me sert plus ou moins de séquencier donne les indications suivantes : Roger atterrit comme une plume dans une clairière, regarde autour de lui, descend de cheval, tient l'animal par la bride jusqu'au tronc d'un myrte vert autour duquel il l'attache solidement afin qu'il ne reparte pas. Enlève son casque, retire ses gantelets, dépose son bouclier. Défait ses armes, sa cuirasse. Se passe la main sur le visage. Se pince l'arête du nez. Souffle un grand coup en clignant des yeux. Bon, s'interroge-t-il à haute voix, on fait quoi maintenant.

Il finit par inspecter les lieux sans trop s'éloigner de l'arbre : il coupe avec son épée les herbes hautes qui l'empêchent d'avancer, avise un espace où la marche semble plus aisée, presque aménagée, reporte l'exploration à plus tard, revient et s'octroie une sieste sous le myrte vert.

La scène qui suit aurait pu être orchestrée au théâtre. Telle est l'impression que je veux donner : décor intime, espace resserré, jeux sur les lumières travaillées. Il est huit heures du matin et Roger n'a toujours pas dormi. La lumière qui lui vient par-dessus est douce, on la dirait produite par réfraction, d'un projecteur de type PAR-56 à filtre orange – ce qui est le cas (que nous soyons en studio doit renforcer l'illusion et la sensation d'évasion).

Le souffle tranquille des vaguelettes clapotant sur la plage temporise le silence et invite à s'abandonner à la flemme (importance de la bande-son). Roger est bien. Il s'endort rapidement.

À huit heures trente-quatre une voix le tire de son sommeil, lui demandant à répétition de détacher son cheval qui tire sur sa bride et abîme l'écorce de l'arbre.

Roger ne sait d'abord pas d'où provient cette voix car il n'y a personne. Elle arrive d'en haut. À considérer l'absence d'agressivité dans son ton, voire une certaine politesse, il n'est pas sur ses gardes. Il cherche la source du son et aboutit à la conclusion que cette voix sort du myrte vert lui-même sous lequel il repose. Il y a quelqu'un dans le tronc.

En réalité je vous l'affirme : c'est Astolphe, duc anglais, fils du roi d'Angleterre, qui a été transformé en arbre par la fée maléfique Alcine, une des maîtresses des lieux avec la mauvaise Morgane et leur sœur vertueuse Logistille. Transformé en cet arbre justement où est attaché l'hippogriffe qui met toutes ses forces pour rompre les liens en le secouant, l'entaillant, l'endommageant. Astolphe a mal. Donc Astolphe prie Roger de bien vouloir détacher son cheval et le poster à un autre arbre.

Une fois passée la surprise de Roger, Astolphe raconte au chevalier qu'il revenait d'une mission au large de la mer des Indes au cours de laquelle il avait été retenu prisonnier des mois durant au fond d'un cachot humide sur un rocher isolé quand son bateau tomba sur cette île et sur Alcine, laquelle n'aime rien de moins qu'attirer les beaux et forts chevaliers venant à passer par les environs dans ses filets, au sens propre du terme puisque Alcine pêchait, et pas qu'un peu. Une incroyable pêche. Ce qu'Astolphe, tout à sa joie d'être enfin libre sous un ciel sain, voulut voir de plus près, et la pêche et Alcine. Quel mal lui a pris ? C'était un piège. Le voilà hypnotisé par la beauté d'Alcine qui va pouvoir se jouer de lui autant qu'elle le veut, et, lassée, le changer en arbre ou en pierre comme à son habitude afin de le garder auprès d'elle. En somme c'est une bonne chose ce coup du hasard voulant que Roger noue son cheval à l'arbre d'Astolphe, cela permet à Astolphe d'entrer en contact avec le chevalier car ils vont avoir besoin l'un de l'autre pour briser le sortilège qui règne sur l'île et s'en échapper.

En parlant, Astolphe fait frémir les feuilles de l'arbre qu'il est et secoue un peu ses branches. Quand Roger vient à l'interrompre, il n'est pas sans se faire la remarque qu'il parle à un arbre. Il faut une sacrée dose d'autodérision pour admettre ce genre de chose. Ne pas se prendre pour un fou. Avoir la tête sur les épaules. Mais rien ne l'étonne. Même à l'époque tout était possible.

Après que Roger a été mis au courant de l'histoire d'Astolphe, il détache son cheval et se met en quête de Logistille, la fée vertueuse propriétaire des lieux, seule capable de renverser l'ordre des choses. C'est la fin de la scène présentée comme s'il s'agissait de théâtre. On le suit maintenant en mouvement dans un décor fantasmagorique. Il rencontre sur son chemin toute une série d'obstacles se présentant à lui sous forme de monstres associables à des allégories vivantes, créées en 3D sur ordinateur, et plus précisément aux péchés capitaux : montagne de colère crachant du feu, géante avarice aux dents longues, femme voluptueusement nue cherchant à l'enlacer pour l'étouffer dont il se défait à coups de ruse, d'effort et d'épée car c'est un excellent chevalier, à égalité avec Astolphe dans mon classement général des chevaliers, juste derrière Roland qui arrive en tête.

Toutefois l'expérience montre que l'homme en général a le cœur faible. Quand il rencontre Alcine à la scène suivante, Alcine interprétée par la pétulante Catherine Futur dont c'est le premier rôle au cinéma mais qui a beaucoup tourné pour la publicité, Roger succombe aussitôt à sa beauté froide, yeux noirs sur visage pâle. Tous les deux dînent au château de celle-ci, se rapprochent, s'acoquinent sans que Roger réalise qu'il glisse droit vers sa perte. Vient le moment de passer la nuit dans le même lit : Alcine tarde – elle prend un bain, savoure son plaisir d'avoir un nouveau chevalier sous la dent, cherche avec excitation en quoi elle le transformera le lendemain. Cette situation rappelle à l'actrice une publicité qu'elle a jouée pour un savon. Roger attend sous les draps, s'impatiente, se languit. Il est vraiment complètement manipulé. Guette le moindre bruit de pas, de grincement de porte avec des sursauts de joie et de déception comme quelqu'un qui découvre l'amour. Pendant ce temps Bradamante la Chevalière Blanche, mise au courant du danger que court son fiancé par Mélisse l'enchanteresse lui ayant tout appris et se proposant de partir sauver Roger, lui fait parvenir l'anneau magique qui arrive avant minuit au doigt de ce dernier, pile à l'instant où Alcine pénètre dans la chambre pour mettre la dernière main au chevalier, si je puis dire.

Les charmes du château et de l'île tout entière sont alors rompus. Alcine apparaît à Roger sous les traits d'une vieille femme laide et bossue, la chambre jusqu'ici si belle s'effondre en ruine, et Astolphe au bord de la plage retrouve son allure humaine. Avant de quitter définitivement l'île, Roger de nouveau lucide et de retour sur son vaillant hippogriffe, se bat une dernière fois contre des allégories obscures, rencontre Logistille qui lui indique l'issue de secours et voilà les deux chevaliers, Astolphe et Roger, l'un derrière l'autre sur la même monture galopant entre deux hautes et longues bordées d'aubépines en feu sur un chemin de sable blanc. J'ai réalisé cette fuite en décor naturel après avoir vraiment mis le feu aux arbres. Des pompiers se trouvaient sur place pour surveiller et on a pris les doublures cascades. Aux trousses des chevaliers : une horde de créatures monstrueuses mimées par une vingtaine de figurants grimés, en train de marcher en crabe ou de tituber comme des morts-vivants. L'hippogriffe décolle, impose le respect, salut la compagnie.

L'itinéraire de retour amène Roger, après avoir déposé Astolphe en lieu sûr, à revenir définitivement sur le sol du côté de Londres, en Grande Bretagne, où il atterrit par un beau matin d'hiver dans une clairière délimitée à l'est par une rangée de saules mal taillés et à l'ouest par une rangée de mômes alignés. Tous prêts à faire la guerre. Il y en a des dizaines de milliers, bien rangés dans la campagne hirsute, progressant en direction de la France. C'est Renaud qui, sur ordre du roi, est venu demander de l'aide aux Britanniques pour renforcer l'armée française à Paris contre les Sarrasins qui assiègent.

Il fallait au moins un ordre de Charlemagne en personne pour éloigner Renaud d'Angélique alors même qu'il vient de la retrouver et de souscrire pour elle une assurance-vie avantageuse. Bon c'est vrai qu'il la suivait de près mais ce n'est pas une raison pour le malmener ainsi, et Angélique ne faisait rien non plus de son côté pour le tenir à distance, elle aime bien être courtisée sans forcément aimer en retour, et elle éprouve que dalle pour Renaud, pas assez fort, pas assez grand, pas assez drôle – pas son type, quoi. On se demande d'ailleurs si elle éprouve quelque chose pour quelqu'un sur cette terre, ne serait-ce que de l'amitié. Moi je ne l'envie pas cette fille, elle a l'air aussi perdue que ses courtisans.

La nouvelle commençait à se répandre qu'elle avait été enlevée par des corsaires d'une île irlandaise où elle est actuellement donnée en pâture à un monstre. Aussitôt Renaud, très inquiet mais dans l'obligation de conduire son armée à bon port, en informe Roger descendu du ciel, lequel se remet immédiatement en chemin. Roland, désigné pour la sauver, fait en ce moment, je vous le rappelle, un détour forcé par la Hollande. Roger arrive donc le premier sur place.

C'est non sans une certaine facilité que ce dernier vient à bout du monstre gigantesque et assez impressionnant avouons-le, qui lui fait face, un dragon tout droit sorti d'un carnaval ou d'une fête de Nouvel An chinois, en plus grand et avec un long cou. On optera pour un modèle artisanal de belle facture, cousu main, tissu et bois fin, remarquable par son aspect mais aussi par le nombre d'heures de travail qu'il semble avoir demandé à une bonne centaine de doigts experts. À l'heure des effets spéciaux sidérants, de la réalité augmentée et fictionnelle, je choisis là tout le contraire : un face-à-face avec un objet artistique manié par sept personnes à la fois, une grande marionnette articulée de l'intérieur aux yeux rouges clignotants, qu'on pourrait trouver au théâtre ou dans un film d'horreur américain des années soixante-dix.

Après un essai infructueux de combat à l'épée, rendu impossible en théorie par la dureté de la peau de la bête recouverte d'écailles que nulle lame n'entaille, le chevalier passe au plan B : le bouclier magique éblouissant du magicien Atlante dont il ne s'est jamais départi depuis son départ du château. Il en retire le voile de protection après avoir embrassé à son doigt l'anneau magique de Mélisse qui préserve celui qui le porte du pouvoir de tout enchantement, et dirige les rayons ultra-puissants vers les yeux du dragon. La créature ainsi visée commence à se tordre dans tous les sens, à reculer et à être dans l'incapacité de défendre quoi que ce soit, elle-même, son territoire, sa proie, ou d'attaquer quiconque.

Roger profite de cette baisse de vigilance pour délivrer Angélique. Il brise la chaîne qui la retient prisonnière au rocher, la hisse sur son cheval ailé et l'installe devant lui. Il lui passe la bague au doigt afin qu'elle ne soit pas éblouie à son tour et se bande les yeux. Puis encore une fois s'envole en se laissant guider par l'hippogriffe.

Quand Roland arrive sur les lieux six jours plus tard, forcément Angélique n'est plus là, et le monstre dort. Roland vient de sauver de l'envahisseur Olympie, comtesse de Hollande, lors de son détour sur lequel j'ai fait l'impasse, choisissant de ne pas le faire apparaître à l'écran pour une question de rythme du récit, où il a pourtant connu dans le texte de l'Arioste une série complètement démente de dangers qui auraient eu leur petit effet dans le film : courses-poursuites invraisemblables à cheval dans une ville striée de ruelles étroites à angle droit et d'escaliers abrupts, avec les sabots des chevaux qui dérapent sur les pavés et envoient des étincelles, les étals de légumes renversés et les passants bousculés, combats novateurs corps à corps, novateurs dans la façon de se battre et dans la façon de décrire ces combats, qui est la marque stylistique du poète. Tous ces éléments types du livre se retrouveront plus loin dans ma version filmée, sous une autre forme et dans un autre contexte.

Devant l'absence totale d'intérêt de la scène qui se présente à lui, Roland se remet donc à chercher celle qui compte vraiment à ses yeux : Angélique. Comme j'ai pensé que cette scène n'avait pas d'intérêt pour nous non plus, j'ai évité de la tourner.

Par contre celle qui vient, oui. Et je l'aime particulièrement. Elle doit dégager quelque chose de romantique et de suranné, avec un léger vent dans les cheveux et un fond de coucher de soleil un peu kitsch. Angélique, justement, se trouve à plusieurs mètres du sol sur le cheval volant de Roger, très exactement entre ses bras puisqu'il est derrière elle et que, pour ne pas tomber ou pour ne pas qu'elle tombe, il l'enlace. Je cadre en plan américain, on devine seulement le cheval grâce à la partie haute de la selle sur laquelle les deux intervenants sont assis. J'imprime des mouvements de roulis à la caméra pour suggérer les effets du vol. Roger n'est pas mécontent de l'enlacer. Il sent son corps doux et chaud sous ses mains, contre son corps à lui : sa peau fine, ses petits os subtils. Il essaie d'embrasser son oreille mais elle tourne la tête. Alors il serre un peu plus ses bras autour de sa taille.

On a beau être chevalier on n'est pas forcément moins homme, c'est-à-dire infidèle en amour, surtout Roger : il est tout bonnement en train d'oublier Bradamante et de succomber au charme d'Angélique qu'il rencontre pour la première fois et qui décidément fait beaucoup d'effet. Elle que tout le monde recherche est à présent devant lui.

Mais elle ne partage pas ses sentiments. Elle souhaiterait même se dégager au plus vite de l'emprise de ce cavalier un peu trop entreprenant. Faire comme elle a toujours fait : s'enfuir. Mais comment ?

Ayant fait atterrir sa monture dans un joli bois de Petite Bretagne, Roger met pied à terre pour conduire l'animal auprès d'un frais pâturage. Quand il se retourne, Angélique a disparu. En réalité elle est toujours là, mais invisible. Elle a placé l'anneau magique entre ses lèvres et son corps s'est instantanément dématérialisé. Elle peut à présent voir sans être vue, être là sans paraître, se défiler en toute tranquillité, prendre son temps pour s'éloigner, s'éloigner en marchant et même rester quelques instants pour assister à l'incompréhension de Roger qui regarde partout, sur le cheval, sous le cheval, derrière le cheval, aux alentours, au-dessus, rien. Qui n'a jamais rêvé d'être invisible et de pouvoir observer tout à loisir ? Maintenant elle s'en va. Roger est tellement sous le choc qu'il abandonnera l'hippogriffe.

Angélique, Roger et Roland : les voilà de nouveau livrés à eux-mêmes, simples vivants dans un monde trop vaste, en train de fuir et de rechercher, marionnettes d'un dieu qui se plaît à les voir se croiser, se rencontrer, se séparer, se démener avec les péripéties d'une existence hors du commun qui n'a pas fini de les surprendre. Et nous non plus.

Noir de quelques secondes avant les rebondissements qui reprennent dès la séquence suivante. Mais avant permettez-moi une parenthèse.

Au terme de la première semaine de tournage en studio (où il fut souvent question de faire voler des chevaux), quand nous partîmes avec toute l'équipe à Amboise pour tourner les scènes de camp la nuit et de forêt sous la neige, je n'avais toujours pas de coproducteur ni de distributeur. Comme je l'ai déjà évoqué, je finançais moi-même une partie de mon projet grâce à l'économie de la vente de mes livres et en m'endettant.

Un homme un peu étrange m'avait contacté par téléphone en exprimant son désir de me rencontrer sous prétexte que mon projet l'intéressait.

Je reçus l'appel sur la route, juste avant de m'arrêter à une station-service pour écouter le message. Il soupirait dans l'appareil, laissait des blancs. Sa voix éraillée émettait de légers sifflements. Il disait travailler pour une agence littéraire qui éditait des livres et en vendait les droits au cinéma. Mon numéro, il le tenait d'un producteur que j'avais contacté quelques semaines auparavant. Nous nous serions déjà rencontrés à un Salon du livre mais je ne m'en souvenais pas. Il s'y connaissait en audiovisuel et pouvait m'avoir au moins le tiers de mon budget grâce à sa boîte de production récente : les Studios de la Victoire. Ceux-ci n'œuvraient pas que pour le cinéma, aussi pour la télévision et les documentaires, me renseignais-je. Mais je ne sus jamais vraiment de quel type d'émissions et de documentaires il s'agissait, tout ce qui graviterait autour de cet homme ayant tendance à se nimber de mystère jusqu'au bout.

Nous convînmes toutefois d'un rendez-vous et il insista pour me rendre visite deux jours plus tard sur le tournage.

En le voyant s'avancer vers moi à la sortie de la voiture de location mise à disposition de l'équipe et conduite par mon régisseur, je crus à une apparition fantastique. Le teint pâle, la peau du visage sèche, striée de fines et longues rides qui ressemblaient à des cicatrices après incision au rasoir, l'individu portait un imperméable ardoise délavé qui lui tombait jusqu'aux chevilles en volant dans son dos telle une cape, et un cigarillo pas encore allumé au bout des lèvres. De petites lunettes aux verres teints en orange dissimulaient l'éclat de son regard mais un léger sourire montrait qu'il vous avait vu.

Après s'être extrait non sans effort du véhicule où le siège mou le maintenait très enfoncé au niveau du plancher et assez proche de la route, il rejeta une mèche rebelle de ses cheveux clairsemés vers l'arrière de son crâne, fit un effort pour se tenir plus droit que ce que lui permettait sa colonne vertébrale et me tendit une main molle et froide en déclinant son identité : Antoine Seznec. Mais appelez-moi Antoine.

Suivit une conversation sommaire sur le temps, les conditions de voyage et l'avancée générale du film, au terme de laquelle j'appris qu'il était fort probable que nous eussions été dans la même classe de troisième au collège

Henri-Brunet de Caen, et donc que lui et moi avions vraisemblablement le même âge, bien qu'il en parût dix de plus.

C'était, entre autres, fort de cette ancienne amitié dont je ne me souvenais guère non plus qu'il avait tenu à me contacter. Il ne venait pas les mains vides mais avec un trésor. Dans sa valise se trouvaient des armes de collection du Moyen Âge qui seraient du plus bel effet à l'écran. Et elles étaient pour moi.

Il ne pouvait pas mieux me séduire : hallebarde d'origine et bardiche en fer, minijavelot serré dans une virole d'opaline, masses, massues, piolets, une dague miséricorde à clous d'or et pierre précieuse incrustée à la jointure du manche niellé et de la lame, fourreau en argent, haches, écu cerclé d'améthystes, de topazes, d'esterminals et d'escarboucles flamboyantes, plusieurs couteaux orientaux. Enfin un nunchaku.

Mon regard brillait tandis que je manipulais avec précaution et du bout des yeux ces objets, et c'est ce que Seznec voulait : marquer le coup, prouver que je pouvais attendre de lui quelque chose, lui faire confiance (et de la sorte me mettre la main dessus).

Derrière son apparence pour le moins inhospitalière, le producteur laissait poindre un côté assez avenant, ponctué par moments d'une brusque jovialité non dénuée d'humour, que suivait aussitôt un silence gênant au cours duquel il allumait son cigarillo, tirait dessus fébrilement, l'éteignait puis le rallumait dans la seconde.

Avant même que je lui propose un rafraîchissement à la table de régie, le tutoiement entre nous fut de rigueur. Or le tutoiement n'a jamais été le meilleur moyen pour faire affaire, selon moi. Malgré le tas d'or offert ce jour-là et dont il me promettait n'être qu'un aperçu du reste qui viendrait, cet homme me fit mauvaise impression. Il me porterait la poisse, j'en eus la nette sensation cependant qu'il se servait à boire de jus d'orange et en renversa la moitié sur la nappe à cause du gobelet en plastique trop léger qui, sous la forte pression du jet expulsé de la bouteille, recule. Un problème de légèreté qu'on rencontre aussi avec les assiettes en carton : trop fines elles ont tendance à se plier sous le poids de leur contenu qui tombe par terre, à plus forte raison si ce contenu n'était pas bien réparti au centre ou si l'on tient l'assiette d'une seule main sur le côté.

Tu n'as pas du jus exotique ?

Seznec piquait au passage dans un moelleux au chocolat.

Les fruits de la passion, c'est ce que je préfère.

Il aborda un tas de serviettes dont il empoigna une liasse pour faire éponge et une autre pour tenir son gâteau.

L'orange, cela dit, fera très bien l'affaire.

La petite flaque sur la nappe s'élargissait et commençait à filer par-dessus bord ; il en reçut quelques gouttes sur ses chaussures.

Mais pour l'heure, alors que je m'apprêtais à enregistrer la partie sombre et violente de mon film, il me serait de bon conseil et même source d'inspiration. Je m'en rendis compte assez vite.

CHAPITRE 6

À la conquête de Paris

Contexte historique : sans Roland qui a déserté, les paladins de Charlemagne sont totalement démunis. Paris ne sera bientôt qu'un champ de ruines sanglant sous domination africaine. Agramant, à la tête des armées mahométanes, livre un combat implacable autour de la ville.

1er plan de la séquence 5 : malgré le jour qui pénètre dans la pièce, l'obscurité règne. Le nuage noir d'une fumée épaisse qui flotte dans l'atmosphère en est à l'origine. C'est la fumée du cigare d'Agramant. Le cigare se consume dans un cendrier en argile posé devant lui sur le bureau. Le cendrier est cerclé de petits carrés de mosaïque blancs et bleus où l'on assiste au spectacle d'une frise guerrière miniature avec des chameaux poursuivant d'autres chameaux et un sultan préparant du thé. D'autres détails peuvent apparaître à la loupe. C'est du beau travail.

Quand l'action commence, le roi Agramant a porté le cigare à ses lèvres pour inhaler et recrache une énorme bouffée. On entend quelqu'un tousser.

Assis dans un confortable siège en osier rembourré de coussins ovales brodés de l'assertion « Allah est grand, nous sommes petits », le roi a avancé le buste et s'accoude au large bureau en noyer qui lui fait face et devant lequel un autre homme, probablement un chevalier, est assis de la même façon, sur le bord du siège, mais sur une chaise droite en bois. C'est lui qui a toussé. Il a toussé à la manière de celui qui tousse sans vouloir tousser, qui se retient de tousser parce qu'il est gêné de tousser (qui tousse en essayant de tousser le moins possible). On ne voit de ce supposé chevalier que la pointe de son nez, deviné long et crochu, car le reste est dans l'ombre.

La pièce se trouve en haut d'une tour en bois à roues qui peut être déplacée sur les différents lieux stratégiques des conflits à l'aide de cinq chevaux de trait. On l'appelle communément la tour royale officielle mobile (la TROM). Y sont prises les décisions importantes, comme celle qui vient. Mais à aucun moment on ne verra la tour. On suppose juste que des fenêtres s'échappe la fumée du cigare et que d'en bas on peut croire que la tour prend feu.

Les mains d'Agramant se sont rejointes et ses doigts se tordent sous la tension de l'instant. Plan serré sur les mains nerveuses. Oui, en effet, à la différence de Charlemagne, Agramant est un roi qui ne cache pas sa nervosité : petit, sec et nerveux. Et oui, en effet, l'instant est tendu. Ce n'est pas tout le monde qu'Agramant convoque dans son bureau et quand il convoque quelqu'un ce n'est pas pour n'importe quoi. Bien que Roland ait déserté et que la victoire des Sarrasins semble acquise, le chef des Maures fait de lui une affaire personnelle. Il n'a toujours pas digéré l'humiliation publique subie dix ans auparavant lors d'un duel à mains nues où Roland avait eu le dessus. Jamais encore Agramant ne s'était fait battre aussi platement, devant ses soldats de surcroît. Sa désertion ne lui suffit pas, il a monté un plan pour l'éliminer. Et missionné un de ses soldats pour l'exécuter (le plan et Roland).

Cadrage maintenant sur les yeux plissés du meneur africain. Plan plus large avec les deux personnages de profil, qui se font face, de part et d'autre du grand bureau. Une lumière plongeante, style lumière noire accrochée au plafond par du scotch, éclaire le dessus du crâne presque chauve d'Agramant et fait ressortir les zones claires, tandis que l'autre moitié de l'image, avec le chevalier, reste dans la pénombre. On distingue à présent toute la silhouette de celui-ci, légèrement voûtée par la crainte qu'inspire l'entretien. Un dialogue s'ensuit.

Pour les dialogues je compte me faire aider d'un copain qui publie des romans chez le même éditeur que moi : il est très calé. Le dialogue, c'est tout un art que je ne maîtrise pas forcément. Il faut faire preuve d'humanisme, avoir le sens du silence et du décalage (je ne sais plus qui a dit qu'un bon dialogue est un échange où les interlocuteurs ne se répondent pas).

Pour l'instant cet ami tarde à réagir, il a sûrement beaucoup à faire mais je ne désespère pas. C'est souvent comme ça avec les amis : ils vous rappellent plus tard ou jamais. Je me contente en attendant de demander aux acteurs d'improviser et bien sûr je les accompagne, je les aide à improviser. Donc vous ne m'en voudrez pas si à défaut de bonnes répliques je vous rapporte la scène en discours indirect et indirect libre, ce sera toujours un peu plus présentable.

L'échange en question se veut posé, chaque phrase appelant un silence de quelques secondes pour donner l'impression d'un moment assez solennel (on parle tout de même d'assassiner le héros).

Entre les deux hommes il est question de Roland, donc, de sa puissance et de sa force, je n'en peux plus de ce Roland, le roi peine à dissimuler sa haine (sa jalousie ?) derrière une apparence de faux calme. Il faut absolument se débarrasser de lui (éclat furtif du chef au fond de la rétine). Donc vous le trouvez et vous le supprimez. Est-ce que c'est clair (poing frappé d'un coup sec sur la table). On fait une deuxième prise avec cette fois-ci le poing frappé avant Est-ce que c'est clair. C'est mieux. À quoi l'homme dans la pénombre se permet d'objecter mollement, après un blanc et presque inaudible tant il est impressionné de s'opposer au roi, que, selon la légende, si je puis me permettre, sire, ce fameux Roland serait invulnérable. Pas si invulnérable que ça, le renvoie dans les cordes le dirigeant déjà moins calme, dont le buste s'est redressé sous l'implication nerveuse et le volume de la voix haussé.

Moi le réalisateur je pense Très bien, continuez, c'est parfait. J'entre dans le champ quelques secondes sans arrêter les moteurs pour placer le cendrier à gauche d'Agramant afin qu'il croise le bras pour cendrer, ce sera un mouvement intéressant. En passant vous me voyez pour la première fois et vous ne m'imaginiez pas comme ça : chemise à carreaux bleus et vert foncé retroussée aux manches, capillairement dégarni, touffes brunes au-dessus des oreilles, lunettes, plutôt mince et grand, genre intellectuel. Je vous fais un petit signe de salut à vous spectateurs et retourne derrière la caméra. Cette intrusion ne sera pas coupée. On poursuit.

Agramant s'appuie à présent sur les accoudoirs de son fauteuil qu'il serre très fort entre ses petits doigts et reprend : la plante de ses pieds est plus fragile que celle de n'importe qui, vous le savez, dit-il. Si une lame, une épine ou tout corps étranger doté d'une pointe vient à s'y enfoncer, il périt. C'est pourquoi il porte toujours des bottes (cela dit après une courte pause et comme si le roi se faisait la remarque pour lui-même, sur un ton plaisantin).

Suite du dialogue survolant, par un échange de questions et d'affirmations laconiques, la façon de s'y prendre pour atteindre Roland sous les pieds : pardon chef mais c'est facile à dire, moins facile à faire. Et s'il n'enlève pas ses bottes ? Débrouillez-vous, que diable, je ne vais pas vous apprendre l'art du combat. Oui chef. Vous avez lu *L'Illiade* ? Non chef. Eh bien tout est dans *L'Illiade*.

Maintenant vous pouvez disposer. Oui chef. (Silence. Après un temps d'hésitation le chevalier se lève, la chaise grince, il s'apprête à disposer.) Ah, j'oubliais, conclut le roi. Il est évident que si vous réussissez vous obtiendrez de nombreux territoires, dont la Frise, et de l'or. Par contre si vous échouez, votre tête sera donnée à manger aux corbeaux. Et bien entendu vous n'avez pas d'autre choix que d'accepter la mission.

Pendant ce temps, à l'extérieur, les Sarrasins ont continué d'avancer face aux chrétiens qui ont continué de reculer.

Cette domination, les mahométans la doivent à quelqu'un en particulier : l'équivalent de Roland mais dans le camp opposé ; un athlète plus exotique, forcément moins divin car on n'égale pas Roland mais tout aussi redoutable. Disons : numéro un ex aequo dans mon classement mondial des chevaliers. Un Roland à la peau ensoleillée et chaude, aux yeux noirs et perçants, beau gosse comme lui, en mat, limite un peu plus sexy je trouve. Il partage avec le héros de notre film la première syllabe de son prénom. Je veux parler de Rodomont. Ce chevalier-là abat le travail de cent soldats à lui seul. On le croirait doté de super-pouvoirs quand il fait tourner sa massue au-dessus de sa tête dans les rues de Paris, envoie balader d'un coup de pied retourné n'importe quel assaillant à plus d'une dizaine de mètres, fracasse des crânes, écrase des os, enfonce des têtes à l'intérieur des cous, coupe ses ennemis en deux au niveau de la taille (on voit des jambes qui continuent de courir sans corps), tranche les bustes en parts égales du haut de la tête jusqu'au nombril, n'en finit plus de se frayer un chemin en courant au-devant de la horde de ses poursuivants.

Ses poursuivants, les chrétiens, qui ne sont pas moins forts mais plus nombreux, hurlent leurs cris de guerre, envoient des lances, tirent à l'arc, sont assez bons aussi au corps-à-corps. Mais face au puissant Rodomont ils tombent comme des mouches. Celui-ci leur échappe continuellement, esquivant tous les coups. Avec le steadicam et les grues, j'ai presque du mal à le suivre. Il va comme je lui demande : vite. Il escalade les murs, exécute des bonds prodigieux d'un toit à l'autre du boulevard Saint-Michel, contourne des cheminées, se lance entre deux statues, de la fontaine au pont, du pont à la fontaine, du haut d'un rempart au-dessus d'un fossé large et profond, se pend aux façades pas encore haussmanniennes, entre par une fenêtre, ressort par une autre, se balance dans le vide, plonge dans la Seine, y nage en direction de Châtelet avec toute son armure sans couler (un harnois qui fait pourtant bien ses quinze kilos). Il rappelle un peu Spiderman, version européenne. Comme Roland il est vêtu de noir, mais d'un noir tirant sur l'anthracite, et comme Roland encore : même taille, même poids – on peine à les distinguer. Pour les doubler du coup c'est plus pratique. Ils ont d'ailleurs la même doublure cascades : toujours Thor.

Par contre aucun des deux ne dégage la même intention, et ça, à l'écran, on le perçoit instantanément. Celle de Rodomont est maléfique ; par un jeu de couleurs et de lumières on lui donne un air de méchant assez facilement, le spectateur le sent – port du menton, maintien. L'attitude de Roland est ronde, moins anguleuse ; ses intentions pas forcément moins mauvaises (de toute façon un guerrier est un guerrier, il tue) mais telle est l'apparence qu'il dégage à l'image, celle de quelqu'un de pacifique, de libérateur, quand Rodomont est obscur, sournois. Cette différence, je la veux nichée jusque dans le regard de mes acteurs, à la lueur immédiatement identifiable, c'était mon critère principal lors du casting. Je voulais que la personnalité se lise au premier coup d'œil. Pour résumer, Rodomont est l'incarnation du Mal quand Roland est l'incarnation du Bien. Cette dichotomie ne vient pas de moi, on la trouve dans le livre original. Personnellement je trouve cette vision simpliste, facile et caricaturale. Il y a là un parti pris de l'Arioste en faveur des chrétiens. Rodomont, dans son idéologie, ne croit pas moins répandre le bien que Roland. Pas un méchant contre un gentil, donc, seulement deux gentils avec deux visions singulières de la gentillesse.

Les chevaliers recommandables ne sont pas réservés aux seuls paladins. Il y a de bons chevaliers chez les Sarrasins aussi, comme Roger, et de mauvais chez les paladins, souvenez-vous de Sacripant. J'essaie d'équilibrer les rôles au sein des deux camps, et si les chrétiens finiront par l'emporter sur les Sarrasins, c'est par une vérité que je souhaite purement historique. Les choses étant dites, nous pouvons continuer.

Devant la débâcle et le feu, la cendre et le sang, l'odeur de chair brûlée et d'os écrabouillés, Charlemagne déplore l'absence de Roland. On le voit en contre-plongée pour bien signifier qu'il est important, qu'il est le roi et un bon roi, un grand, dent dure mais œil vaillant, caractère compréhensif, barbe fleurie comme disent les textes sacrés.

Jean-Pierre Plantin interprète Charlemagne. C'est un habitué du théâtre où il a joué une grande partie du répertoire classique, dont Molière beaucoup. Il aurait l'âge d'être à la retraite mais il aime se sentir encore désiré. Quelques apparitions dans des téléfilms en tant qu'assistant d'un commissaire de police du dix-huitième arrondissement de Paris lui ont permis d'être reconnu dans la rue, à l'occasion. Mais en vérité personne ne voit vraiment qui il est. Physiquement, sa caractéristique est son embonpoint : il prend quasiment toute la largeur du cadre quand je le filme en plan américain. Et je voulais un type comme ça pour jouer Charlemagne, un corps qui dégage quelque chose d'à la fois débonnaire et imposant. Au restaurant, pendant les pauses, il est toujours d'humeur joviale et met une bonne ambiance au sein de l'équipe dans les périodes tendues. Il est ami avec tout le monde, ne déteste personne – à tout le moins ne le laisse pas deviner. Une telle personnalité est un atout diplomatique majeur dans un groupe. Il règle pour vous tous les conflits sans en avoir l'air.

Charlemagne, donc, qui était peut-être aussi comme ça, sympa en privé, on ne sait s'il en veut à son neveu Roland ou s'il passera l'éponge. Voilà maintenant deux mois qu'il faut compter sans lui et on ne dénombre plus les pertes humaines et animales. Le spectacle n'est pas beau à voir, les civils fuient les habitations en geignant, on en remarque beaucoup qui sont morts, des femmes, des enfants, des vieillards étendus sur l'asphalte, le visage tourné vers le ciel qu'ils ont cessé d'implorer. Et ceux qui ne sont pas encore morts supplient à genoux la guerre de les épargner, d'épargner leurs proches, quand un boulet de canon vient leur arracher la tête sous les yeux traumatisés de leur famille. Bref, on aura compris que c'est très violent comme guerre (comme toutes les guerres d'ailleurs). Le livre de l'Arioste lui-même est très violent, avec des descriptions de combats certes poétiques et grammaticalement très techniques, mais réalistes : têtes qui sautent, dents qui se déchaussent, crânes enfoncés, corps fendus, bouts de cervelles qui giclent, sang épais et pourpre qui envahit l'image. À le lire on peut penser au style démesuré de Tarantino dans les *Kill Bill*, à celui plus cru de Sergio Leone dans *Il était une fois en Amérique* ou encore à certains films ou livres de guerre (*L'Illiade* ou *La Chanson de Roland* ont des passages d'une bestialité non égalée).

Pour bien coller au livre et traduire ses moindres intentions, je ne lésinerai pas sur le gore et les détails sordides quand il faut. Seznec, mon autoproclamé producteur, de plus en plus étrange, ne manquera pas de m'y aider. Il n'arrête pas de m'inciter à rajouter de la violence, presque du voyeurisme. Il dit que c'est ainsi qu'on tient son spectateur par la peau du cou. Il penserait notamment à une scène où un soldat est en séance de torture et se fait crever les yeux lentement. On assiste à tout, à la lame qui s'approche, touche la sclérotique de l'œil, remonte vers la pupille, s'enfonce, au regard qui devient fou de peur et s'éteint, l'ombre qui se substitue à l'éclair, le globe qui se déchire, coule, purule, saigne, le mec qui hurle à s'en faire péter la gorge et bat des jambes, tremble, se convulsionne, tombe dans les pommes. Il y aurait même des plans où on entendrait le type gueuler depuis une pièce d'à côté, pour faire plus d'effet, montrer que le volume, proportionnellement à sa souffrance et à son effroi, est énorme.

De toute façon, conseillé ou pas, en tant que réalisateur j'ambitionne de retranscrire la vie, or la violence fait partie de la vie ; elle est même, qu'on le veuille ou non, notre quotidien.

J'ai prévu pas mal de trucages et d'accessoires à cet effet. Thor s'occupera des chorégraphies de combats, et d'un point de vue esthétique je compte placer des caméras embarquées sur les casques des combattants, ainsi qu'à l'intérieur (on les verra en train de voir). Un tel procédé placera le spectateur au cœur de l'action, selon mon dessein originel. Je prévois également d'accrocher des GoPro aux lames des épées ainsi qu'à leurs manches. À coup sûr l'effet sera percutant. Les cascadeurs, en même temps qu'ils se battront en écumant de rage, en bavant et en vociférant, effectueront une suite d'acrobaties nouvelles afin que l'horizon bascule dans tous les sens et que les plans et le rendu soient uniques. D'un point de vue rythmique, ces combats accéléreront la narration déjà bien soutenue. Je serai la preuve, comme l'envisageait Hitchcock, que le spectacle de la violence peut procurer du plaisir.

Pour donner à ces scènes un caractère très personnel, en plus des conseils de Seznec, je me fais aider d'un réalisateur de seconde équipe, Marc, qui a été archiviste chez un diffuseur de film noir et donc, je me dis, il s'y connaît bien en films d'horreur (alors qu'en fait pas trop).

Pour le reste je me débrouille seul. J'alternerai les plans de Paris gris, enfumés, avec les plans plus calmes et plus colorés d'aventures filmées dans la nature qu'on a pu voir jusqu'à maintenant. Le tout dans le but de créer un équilibre esthétique entre ce qui est doux à l'œil : le vert, le bois, la lumière des forêts ; et âpre : la cendre, la nuit, le jour sans jour d'une guerre au soleil invisible ; voire insoutenable : la cruauté. Et ainsi mettre en tension ce que j'estime appartenir au domaine de la liberté, de la vie, avec ce que j'estime appartenir au domaine de la mort, de l'absence de vie. Pour un film complet sur toutes les subtilités, les nuances et contradictions de l'existence, sa folie : l'homme face à l'amour, la mort, la clarté, l'obscurité. Face à lui-même et aux autres. Face aux autres en tant qu'alliés et aux autres en tant qu'ennemis.

En somme : qu'est-ce que l'homme face à l'homme. Une absurdité ? Ça c'est pour le côté philosophique. Mais pour être honnête, ce que je travaille à créer, c'est un ensemble homogène de parties qui s'opposent esthétiquement et finissent par se compléter.

CHAPITRE 7

À la conquête de Paris, toujours

L'armée de Roland s'envole vers la victoire, nous y reviendrons, mais sans Roland, nous l'aurons compris (ce qui pose la question de la véritable utilité de celui-ci parmi elle). Lui vient de quitter l'Irlande et s'est remis à sillonner la France à pied à la recherche d'Angélique – signalons qu'il a perdu son cheval lors de son détour par la Hollande, or un chevalier sans cheval est un peu comme un forgeron sans forge : un chômeur technique certes, mais plus grave encore : un nom sans radical, sans la racine qui lui fait corps, un être privé de sens, avec juste le bout de sa terminaison. Déjà, aussi, donc, un marginal. Il a sauvé des mains d'une bande de brigands une certaine Isabelle, princesse de Galice, alors qu'elle faisait route vers son bien-aimé Zerbin d'Écosse surnommé par moi le Bon, que nous entr'apercevrons tout à l'heure. Je saute cet épisode qui risque d'alourdir le film déjà dense. Malgré ces hauts faits qui entretiennent sa réputation de plus grand des héros, Roland accuse le coup, on le voit qui évolue distraitement, visiblement préoccupé, dans un décor sans accroche, c'est-à-dire sur fond blanc, neutre, une sorte de couloir atemporel évoquant l'errance, facile à créer artificiellement avec des draps et des spots ; un espace duquel il se détache pour donner l'impression d'un isolement qui commence. La faille qui sera béante dans les prochaines minutes commence à fendre la peau. Il marche lentement, baisse la tête et traîne des pieds.

Je veux qu'à partir de maintenant il fasse peine à voir, qu'on ait envie de se lever de son fauteuil pour l'aider, pour l'encourager. On doit sentir qu'il marche mais que bon, la motivation qui le portait jusqu'alors quant à sa nouvelle vie et à son idéal se fait la malle, le doute s'insinue en lui : et s'il ne retrouvait jamais Angélique. Et si elle ne l'aimait plus. Est-ce que j'ai bien fait de partir. Parce que ça commence à s'éterniser cette affaire.

Allez Roland, crois en toi, se surprend-on à vouloir l'encourager. Ça va finir par aller, tu verras. Fais confiance. Va au bout de tes rêves. Ne lâche rien.

On l'aime déjà, ce Roland.

Nous avons quitté la guerre pour revenir au calme et au silence. Au montage, je placerai ce passage où Roland marche distraitement avant la guerre, pour ne pas couper l'ambiance et le rythme des combats que je montrerai d'un bloc. J'attends beaucoup des scènes de guerre. Comme je disais je les veux trash et belles, élégantes, suggestives et démonstratives à la fois, en un mot : justes. Qu'à travers elles on comprenne la poésie du rapport de l'homme à sa propre mort et à celle des autres, la tragédie qu'il y a à mourir et à perdre quelqu'un quand on sait ce qu'est, en comparaison, la puissance de la vie. Elles seront le noyau central et géographique, celui qui aimante physiquement et mentalement tous les personnages éparpillés sur plusieurs territoires.

D'ailleurs Roland, il va tellement mal, il est tellement perdu dans sa tête et sur la terre, que la guerre, c'est presque comme si elle lui manquait – il ne sait plus ce qu'il veut. Probablement pas la violence de la guerre mais son quotidien, l'aspect social, le fait d'être aux côtés d'individus du même camp que soi et de répondre à des ordres, de ne pas agir de son propre chef mais en équipe, d'avoir tous les jours quelque chose à manger, d'être admiré, de se faire renvoyer sa propre image de héros national – quand là, le reflet dans l'eau des flaques ne lui dessine qu'un visage abîmé, usé par le froid et le vent, marqué par le manque d'hygiène, sale et barbu de vagabond à faire peur.

N'ayant jamais été un chevalier isolé, il souffre donc de quelque chose lié à la solitude. Je souffle la précision à Riccardo avant les prises afin qu'il comprenne bien l'enjeu psychologique de son personnage, c'est important.

Je lui rapporte aussi que pour passer le temps, la seule activité qui soit encore en mesure de consoler Roland consiste à jouer des tours aux Sarrasins qu'il croise sur son chemin, car il en croise forcément. Il faut bien qu'il se défende et s'occupe les mains. Riccardo m'écoute et pendant que son agente lui traduit mes propos il se cure les ongles avec la pointe de l'épée de son personnage. Je continue toutefois à le renseigner sur le script, imperturbable. Au lieu de tuer ses ennemis comme il est indiqué en temps de guerre, poursuis-je, Roland les déshabille, les ligote et les attache contre un arbre, nus. C'est sadique mais moins que d'infliger la mort. Je rappelle que mon Roland à moi est devenu pacifique à la suite de sa désertion, donc il ne tue plus. Il est même plutôt marqué par le fait d'avoir tué et par les monstruosités vues au cours de sa vie de combattant. Il ne dort pas bien depuis des semaines, tremble, manifeste des troubles post-traumatiques évidents. Tout finit par remonter, c'est impressionnant.

En développant ces informations, je me rends compte que mon personnage de Roland va coller de plus en plus à la nature de Riccardo, or c'est maintenant que mon acteur entre en scène pour jouer le déclin de la star.

C'est du tout cuit, je lui lance en tapant dans son dos (certes un peu fort, il est surpris, fronce les sourcils, j'ai dû occasionner une douleur entre les omoplates). Joue simplement ce que tu es et ce sera parfait. Fais remonter les failles. Je veux voir un héros blessé mais pas trop, qui est sur le point de l'être, quelqu'un se trouvant au-dessus d'un abîme et qui voit grandir le vide sous lui.

Je n'aurais peut-être pas dû lui taper dans le dos, fort ou pas, car j'ai senti la pression peser sur ses épaules ; par ce geste j'ai instauré entre nous une relation de confiance qu'il ne se sentait pas prêt à partager.

Il est neuf heures du matin sur le tournage. Riccardo s'est réveillé après une courte nuit d'insomnie au cours de laquelle on l'a entendu gémir de tristesse pendant des heures, appeler la psychologue, mais Estelle ne vint pas (il faut savoir laisser pleurer les acteurs). Son visage garde les traces d'un sommeil agité. Ce côté fatigué à ce moment de la journée me convient bien pour le personnage.

Même fatigué, avant le premier clap il ne peut s'empêcher de sautiller sur place comme un sprinter derrière la ligne de départ. Il est stressé. À cause des caméras et parce qu'il n'a jamais joué pour le cinéma. Son agente tente de le rassurer en lui massant les épaules quand il revient à sa chaise pour boire de l'eau. Il demande une aspirine, il a mal à la tête.

Normalement pour faire passer la migraine le gin fait l'affaire mais il est encore un peu tôt, dit Deborah. Il émet de petits hurlements qui traduisent sa nervosité et papillonne des mains près de ses yeux, comme s'il allait se mettre à pleurer. De trac ? De joie ? D'émotion ?

Des regards fébriles sont lancés par Riccardo à chacun des membres de l'équipe, particulièrement au cadreur Bertrand qui lui plaît. En passant devant lui il se jette à son cou. Tout le monde rit. Je tente de rétablir la concentration générale. Les autres acteurs sont encore au maquillage et il préfère être seul sur le plateau pour commencer. Il prendra ainsi toute la lumière, ce qui n'est pas pour lui déplaire.

Voilà, il commence. C'est très mauvais. Il marche trop vite. Il joue trop serré, trop guindé, il ne parvient pas à se détacher de la figure mythique de Roland. Je lui fais savoir par traductrice interposée que justement Roland n'est plus mythique : il entame une lente agonie intérieure. On doit sentir comme s'il portait sur ses épaules tout le poids du monde. Il subit mais en restant digne. Riccardo me regarde alors et fait : ah. Juste ça : ah. En ouvrant grand la bouche et avec un regard tombant, comme si je venais de lui apprendre l'impensable.

Riccardo ne comprenant pas le français, je m'adresse toujours à sa traductrice mais je ne suis pas sûr qu'elle comprenne ce que je tente de faire passer. Il recommence. C'est encore pire : surjoué, pathétique. Cette fois-ci il marche trop lentement, se mutile le visage avec les ongles, gémit. J'arrête tout. On fait une pause. Il va s'asseoir. Les chevaux hors champ s'impatientent, on entend des hennissements, des coups de sabots contre le métal de leur box ambulant.

Joue ce que tu es, lui recommandé-je une nouvelle fois, sur le ton de la confidence, avec un geste de consolation sur sa joue (petite caresse). Ce que tu es au fond de toi. N'aie pas peur de faire surgir l'innommable. Innommable : il ne comprend pas ce mot, sa traductrice ne trouve pas le terme idoine – elle a du mal aussi à nommer idoine pour expliquer qu'elle rame avec innommable ; chacun s'énerve.

Est-ce à cause de la petite caresse ? Il se met à pleurer. Il dit que les projecteurs sont trop forts, qu'ils lui font mal aux yeux. Je m'exclame : voilà, c'est parfait, joue ça !

Puis comme décidément il se bloque dès que le moteur est en marche et les lampes allumées, je décide de l'enregistrer à son insu lors de ses déplacements désespérés sur le plateau. Et ça fonctionne : quelque chose finit par apparaître dans ma caméra qui me satisfait tant bien que mal. Je ne m'avoue pas vainqueur pour autant, la partie est loin d'être gagnée.

Le Roland original perd peu à peu la raison comme le mien mais en semant la mort, dans une sorte de jouissance gratuite et perverse. C'est un parti pris stéréotypé à mon sens : je suis un guerrier, donc je suis belliqueux. Ce que je reproche aux deux livres et que j'essaie de nuancer dans mon film : la cruauté exagérée des héros, leur rage et leur désir de vengeance systématique, par voie de violence puissante. Pas un qui soit plus doux, plus normal que les autres, moins doué pour le combat : naturellement sensible. À part peut-être Médor, que nous allons découvrir plus tard.

Tous ces massacres perpétrés par le Roland de l'Arioste avec une violence inouïe sur les Sarrasins qu'il trouve sur son chemin, de même que les humiliations à caractère pacifique infligées par le mien à leur encontre, ne sont pas sans attiser la jalousie et la colère des chevaliers adverses, notamment du terrible Mandricard, roi de Tartarie, abjecte et sadique, qui fait l'objet de notre nouvelle scène.

Dans ma version ce chevalier est lâche, impotent, incompétent. Dès les premières secondes de la prise on le voit qui arrive en trottinant par la droite sur un coursier bai châtain aux pieds et au crin noirs, né d'une jument de Frise et d'un vilain d'Espagne. Le décor représente un trou de verdure où chante une rivière, un décor naturel dont je saturerai les couleurs en post-prod pour le rendre légèrement féerique. Mandricard porte une cape rouge pétard sur une armure en bronze de hoplite grec comme on n'en fait déjà plus à cette époque, dont l'avantage indéniable est de bien protéger des coups ennemis mais lourde et peu mobile à l'usage, que coiffe un casque à visière transparente intégrale jusqu'au menton et double cimier, orné de deux épaisses crinières rouges également. Et pour peu qu'on soit physiognomoniste, et au cinéma on l'est toujours, on lit à travers la visière sur son visage des dispositions qui ne sont pas les meilleures et que le maquillage, les rajouts et postiches viennent appuyer : nez long et crochu, menton pointu proéminent, sourcils bruns épais qui se rejoignent au milieu du front en accent circonflexe, front court, petits yeux rapprochés.

Avec ses tons voyants et ses formes anguleuses, il détonne dans l'atmosphère champêtre. Vous l'aurez peut-être reconnu : c'est lui le chevalier que j'ai fait missionner par le roi Agramant pour tuer Roland.

Quand il était dans l'obscurité du bureau, sans son armure, avec juste un gambison sous un haubert à mailles, on pouvait lui trouver une certaine classe, comme ont généralement les chevaliers, alors que là pas du tout, il se dégage de lui une criante vulgarité et un air empoté, mal à l'aise dans son équipement d'ancien temps.

Mon personnage de Mandricard, c'est quelqu'un qui de façon générale n'a pas confiance en lui, masque cette absence de confiance par un surplus de cruauté apparente.

Il a une grande peur d'échouer, là à plus forte raison, où l'échec signifie la mort.

Ses sentiments à l'égard de Roland sont partagés entre la crainte, l'admiration (il a offert un portrait du héros à sa fille qu'elle a accroché dans sa chambre) et la haine – il nourrit en effet contre lui de nombreux griefs, nous verrons. Mais il est heureux de l'avoir enfin trouvé.

Bien que combattant aux côtés des Maures, Mandricard est polonais dans l'histoire (les armées s'achètent des soldats, comme au football) et dans la vie courante mi-turc mi-slovaque. Après que j'ai relevé sa visière pour bien qu'il m'entende et se fasse entendre, je demande à l'acteur d'émettre le son d'une voix haut perchée et forte qui ne serait pas sa voix naturelle mais qu'il appuierait exprès, à cause peut-être aussi du casque l'empêchant de s'écouter bien, pour la rendre un peu ridicule. Il interpelle donc ainsi Roland, et en mauvais anglais, qu'on doublera en post-synchro. La disparité d'origine de mes comédiens les oblige à jouer en anglais ; ceux qui ne parlent pas cette langue ne savent pas ce qu'ils disent, ânonnent bêtement les répliques sans comprendre un mot de ce qu'ils racontent, sans mettre le ton, et quand en plus ils ont du mal à entrer dans le personnage le résultat est un spectacle de marionnettes sans vie.

L'homme qui joue Mandricard, tout comme Riccardo, peine à être dans ce qu'il fait. Il débite son texte d'un ton roide et plusieurs prises sont nécessaires avant que ses phrases semblent à peu près correctes, disons pas immontrables. Il n'a pas beaucoup joué dans sa vie, n'a pris aucun cours. Il est maçon. On l'a embauché pour son physique lors d'un casting sauvage de rue. De toute façon j'attends beaucoup de la post-prod, que ce soit pour les dialogues (assez peu nombreux, mon film étant un projet de mouvement) ou les bruitages.

Quand il ne joue pas Mandricard, Uk Torváck, c'est son nom civil, passe son temps en coulisse au téléphone avec sa famille en Slovaquie qui lui manque, à qui il manque et fait des promesses d'argent. L'argent et sa famille semblent le préoccuper davantage que son rôle dans le film. Sa famille, elle croit qu'il est employé sur un chantier de démolition en France. C'est un peu ça. Mais l'argent tarde à venir. Seznec, soi-disant, fait le nécessaire pour débloquer des fonds. Je suis en pleine négociation, m'assure-t-il posément quand j'aborde le sujet au téléphone ou qu'il est là, derrière ses lunettes orange et un nuage de fumée, à observer ce qui se passe autour de lui d'un œil pointu en faisant rouler son cigarillo du bout des lèvres, comme Belmondo ou Clint Eastwood dans certains films. Cette attitude de Seznec sera la sienne durant les deux jours de son premier séjour et chaque fois qu'il reviendra : glaçant l'atmosphère, mettant chacun mal à l'aise par son mutisme et son air de vouloir tout contrôler sans bouger de sa chaise. On ne saurait le rendre responsable des événements étranges qui ne tarderaient pas à survenir et perturberaient le film au point de faillir le faire échouer, mais le fait est qu'ils auraient toujours lieu en sa présence. Je vous raconterai. Pour l'heure le travail n'attend pas : Uk et Riccardo sont prêts à être en pleine altercation pour la scène Mandricard/Roland et ont besoin d'être cadrés.

Riccardo ne comprenant rien à l'anglais, son jeu est approximatif mais vu l'état dans lequel son personnage est censé être, ça va, ça passe.

Avant chaque prise, dorénavant, pendant le maquillage et l'habillage, je le fais boire, du gin, j'attends que ça agisse et il arrive à se tenir à peu près convenablement pendant une heure ; il fait le job. Il suit le texte sans rien transcender mais bon. Il est à l'écran. Son visage est agréable à regarder. Son corps est photogénique. Ensuite il va dormir car il ne supporte plus personne. Quand il se réveille on remet ça. Tout est calé sur son humeur.

Perché sur son palefroi, Mandricard mande à Roland, debout sans défense en contrebas, de lui remettre gentiment son épée, la Durandal, ou sinon il va passer à la manière forte.

Sur ma fiche quelques notes sont inscrites quant à la manière dont je veux que ce passage soit joué mais la réalité est parfois tout autre. Les assertions plus ou moins approximatives et toujours improvisées de Mandricard, puisqu'il est le seul à parler, doivent être entrecoupées de silence, à un moment même d'un sourire sardonique qui passe pour une preuve de lâcheté de sa part. On doit sentir aussi planer dans l'air des non-dits, du genre (Mandricard à Roland) : ce serait dommage d'abîmer un si joli minois, enfin joli plus tout à fait (référence à la barbe de Roland qui ne se rase plus depuis longtemps, et à son aspect sale et poussiéreux). Mais je ne sais pas si l'acteur en est capable.

Ce poltron de chevalier Mandricard se fait passer pour plus fort qu'il n'est. Il est tellement pleutre qu'il est prêt à toutes les inventions pour fuir le combat qu'il sait perdu d'avance, même avec Roland sans cheval devant lui. Il met toutes les chances de son côté en proposant des alternatives à la confrontation, en jouant sur l'affect, en proposant de déposer les armes avant la bataille. Il n'a aucune chance que Roland réponde positivement à sa requête mais il tente quand même.

Dans sa voix outrancièrement autoritaire, Roland, encore un peu lucide tout de même, doit déceler un aveu de faiblesse.

La Durandal, je n'en ai pas encore parlé. C'est une arme aux pouvoirs magiques exceptionnels qui sectionne comme nulle autre et que Roland a héritée d'Hector de Troie.

Une fois Roland débarrassé de sa Durandal il sera plus facile d'abuser de lui, me dis-je que doit penser Mandricard. Et surtout il pourra user de la Durandal contre lui pour le tuer. Pour la petite histoire, Mandricard détient déjà l'armure d'Hector qu'il portait mille ans auparavant ; ne lui manque donc que l'épée. Cette mission contre Roland, en plus d'une question de survie, relève donc, tout comme pour Agramant, de l'affaire personnelle. C'est dire la pression qui pèse sur les épaules du perfide Mandricard, lequel doit paraître agressif à l'écran mais n'en mener pas large, tout en faisant en sorte que ça ne se voie pas.

Il se croit également investi d'une fonction d'intérêt général : mettre un terme à toutes les humiliations que Roland inflige aux Sarrasins depuis quelques semaines en les attachant aux arbres. À ce propos, la mort serait moins pire. Et c'est là que le Roland de ma version est supérieur : en épargnant l'ennemi, il lui fait plus de mal qu'en le tuant. Il a compris avant tout le monde que la vie triomphe toujours de la mort. Roland est finalement en train de se détacher de tout, de prendre du recul, de relativiser.

Dans les plans suivants il n'oppose donc aucune résistance à Mandricard qu'il pourrait mettre en pièces d'une simple pichenette. Et dans sa grande mansuétude, ou plutôt dans sa faiblesse affolante, sa folie naissante, lui annonce qu'il va s'exécuter et accepter, effectivement, de lui remettre son épée. Il cherchait justement à s'en débarrasser. Elle lui sera plus profitable qu'à lui, à présent.

Roland a dans ses mains toute l'histoire du monde. Donner sa Durandal à l'ennemi, cette épée si puissante, c'est l'assurance de perdre la guerre. Même si les chrétiens sont en train de se ressaisir, rien n'est gagné. Ce geste crucial de Roland qui consiste à céder gratuitement son épée à une vermine telle que Mandricard est peut-être le moins anodin de tout le livre, susceptible de renverser le cours de l'histoire de France et de la terre entière.

Vous comprendrez pourquoi je développe, pourquoi je ralentis le rythme : afin de faire sentir l'intensité de ce qui se joue sous nos yeux et des conséquences majeures qui peuvent en découdre. Mes images seront constituées pour l'essentiel de gros plans sur les mains, les gantelets, les regards, des techniques visant à faire sentir une tension, quelque chose qui défie le raisonnable et peut conduire à un basculement irrémédiable.

Revenons à la scène dont l'effet comique doit renvoyer à un numéro de clowns traditionnel, avec Roland dans le rôle du Clown Blanc et le chevalier à la cape rouge en Auguste : Mandricard n'aurait jamais imaginé que son plan fonctionnerait. Tout à sa joie et sous l'effet de la surprise, il est littéralement désarçonné, en perd le souffle et la parole, commence à avoir le hoquet et chancelle, l'acteur sans faire exprès glisse de cheval et se retrouve coincé contre les flancs de l'animal, les pieds bloqués dans les étriers, sans plus pouvoir se dégager. La chute est tombée à point, je me réjouis. Son casque se détache et roule par terre, son nez se situe à quelques centimètres du sol.

Je profite de la situation : Roland, malgré sa détresse, est censé se divertir d'un tel spectacle. Même, il rit. Voilà bien longtemps qu'il n'a pas ri. Je commande au comédien un bon rire gras mais à la réflexion j'aurais peut-être dû opter pour un rire plus discret, plus malin, *in petto*.

Pour corser un peu l'affaire jugée trop facile, le héros s'apprête à cacher son épée dans un buisson en attendant que Mandricard tombe dessus par hasard ou à la suite d'un petit jeu de piste de sa conception. Par cette attitude décalée et désinvolte, qui n'est pas très chevaleresque, on a l'impression qu'il s'en fout, notre chevalier invincible. Qu'il commence à s'en foutre de tout. Qu'il continue à s'éloigner des chemins balisés. Et se moque de Mandricard. Ce comportement reste alarmant car désormais Roland n'a plus de limite. Il va se laisser aller jusqu'à bientôt verser dans la folie pure, comme nous l'évoquerons.

De son côté Mandricard, ayant fini par se remettre droit non sans peine et dans un bruit de grosse cloche creuse qu'on choque, se prête au jeu, descend de cheval, chancelle encore un peu mais là c'est à cause de son armure trop rigide, remet son casque, prend un bâton, agite les buissons à l'aide du bâton, voudrait s'accroupir, se hausser mais comment voulez-vous avec cet attirail, ne trouve rien et finit par s'impatienter. Il devient plus rouge encore qu'il n'est, trépigne, saute sur place et ébauche à l'encontre de Roland des gestes pouvant être interprétés comme menaçants.

Roland, qui ne souhaite pas non plus perdre davantage de temps avec ce guignol, s'approche de lui et bien que faible le désarme de son bâton, le soulève comme une mouche, l'attache à son cheval dont il desserre le harnais pour le rendre difficile à diriger avant de le piquer et qu'il parte au galop, l'importun hurlant et battant des jambes, en arrière sur sa selle.

Bon joueur, Roland attend son retour pour annuler la partie et finir par lui donner enfin son épée. On voit Roland tout seul qui patiente avec son arme à la main, assis, debout, allongé en train de dépecer une fleur. Les coupures le montrant dans différentes positions évoquent le temps qui passe. Mais Mandricard ne reparaît pas. Ce n'est pas faute d'avoir essayé.

En pleine course folle sur sa monture il a tenté de défaire ses liens grâce à un couteau caché dans sa botte, y est parvenu tant bien que mal après plusieurs contorsions acrobatiques mais le cheval, sans bride ni mors, était devenu incontrôlable : impossible de l'arrêter, de lui faire effectuer un demi-tour. Cette action spectaculaire est doublée par un de mes cascadeurs. Au moins cinq lieues avaient été parcourues en zigzag : comment retourner sur ses traces ? L'animal épuisé a fini par ralentir et Mandricard s'est résigné à errer. Il était fou de rage contre Roland. Se promettait de lui trancher la cheville à la première occasion et de lui enfoncer son couteau dans la voûte plantaire, entre le talon et le dessous des orteils, pour qu'il périsse.

En chemin pour retrouver Roland, il découvre une jeune fille magnifique du nom de Doralice dont il devient instantanément amoureux et qu'il enlève. Or voici que sur sa route apparaît Rodomont en personne (il a dû fuir Paris devant l'afflux des renforts britanniques). Et l'homme à qui Doralice est promise, eh bien manque de bol, c'est lui. Donc affrontement. Entre-temps Zerbin le Bon sera tombé sur la Durandal que Mandricard, le croisant par hasard, lui dérobera aussitôt.

L'affrontement entre Mandricard et Rodomont pour les beaux yeux de Doralice, avec la Durandal employée contre la puissance de Rodomont, est donc très violent. Dans le livre de l'Arioste la description du combat est très visuelle, comme sortie du meilleur scénario. À l'image cependant je m'éloignerai des instructions du maître pour créer mon propre style et ma chorégraphie à moi. D'abord je rajouterai une bande-son : « Lost in the K-Hole » des Chemical Brothers : on voit les chevaliers en train de sautiller avec leur cheval et d'en descendre pour commettre une sorte de danse sur les premières notes, toujours en sautillant (car la musique est sautillante). Ça dure une minute trente, une minute quarante. Ensuite pour les combats je veux des bruitages amplifiés de coups de poing et d'acier comme dans les jeux vidéo, et pas de musique. La musique, c'est juste pour l'intro, la préparation au combat sous forme de danse rituelle, contact des écus, bruit du métal qui se frotte, du bois, des lances, confrontation des corps et des casques, casque contre casque, regards haineux, premiers coups d'estoc de Rodomont sous les aisselles de Mandricard, contre la peau, à la jointure de l'armure, réaction immédiate de Mandricard, qui commence à saigner, par une empoignade de la tête avec désir de briser la colonne vertébrale, action réprimée par Rodomont qui éperonne le cheval de Mandricard pour agrandir l'espace de combat. Ensuite ça devient plus violent. Ils sont tous les deux à terre. Je filme au plus près. Ils se font quelques prises de lutte au sol mais pour Mandricard, avec son armure de hoplite grec, c'est compliqué. Ils se remettent debout. Ils s'envoient des coups sur la tête et dans le dos au moyen de fléaux d'armes bien lourds et bien amochants, à faire trembler les arbres. Ils deviennent provisoirement aveugles. L'un d'eux perd un bras (Mandricard). Il tente de le recoller contre le moignon mais on a beau être dans un film ça ne marche pas comme ça. Sa fureur décuple. Il fonce sur Rodomont pour lui couper la tête avec son bras restant mais celui-ci lui coupe ce bras restant. Mandricard n'a plus de bras. La Durandal tombe dans la terre en se plantant. Mandricard tente de se défendre avec ses pieds, avec ses dents – le casque gêne. Il parvient à récupérer l'épée et la remettre dans son fourreau par de très habiles contorsions. Rodomont lui fend le casque en deux et la lame arrive à un millimètre de ses yeux. Rien ne semble pouvoir abaisser leur cruauté l'un envers l'autre. Pourtant, un messager interrompra le duel en demandant aux chevaliers de ménager leur force pour venir en aide aux Sarrasins dans Paris, et de remettre leur confrontation à plus tard. Ils y consentiront au nom de leur roi.

Pour l'instant les deux acteurs dans la peau de Roland et Mandricard laissent vide la scène de la forêt que j'ai appelée « scène à l'épée Durandal » et que je viens de filmer en plan fixe d'ensemble comme si c'était du théâtre, encore une fois. On pouvait même croire que le décor était faux tellement il y avait de couleurs saturées, de formes d'arbres différentes à feuillage persistant et de rondeur au niveau des houppiers. C'est justement mon objectif de jouer parfois sur le mélange réalité/irréalité, comme dans un rêve, et de confondre les genres, les époques. Je pense d'ailleurs qu'aujourd'hui artistiquement tout est possible, il n'y a plus de frontières entre les genres, de cases temporelles, toutes les fusions sont permises car tant de formes ont été abordées.

La scène, on la voit vide encore quelques secondes et ensuite rideau. On passe à la suite.

CHAPITRE 8

Un garçon ordinaire

À part au début quand Roland se lève de sa couche au petit matin pour partir à la recherche d'Angélique, le spectateur n'a pas encore vu la guerre. Le lecteur si, mais pas le spectateur, pour des raisons de montage. C'est précisément maintenant, après que Mandricard a quitté la scène de façon humiliante et qu'on a découvert un Roland certes rusé mais plus tout à fait maître de lui-même (quel chevalier céderait ainsi volontiers son épée à l'ennemi ?), que les premières images de Paris dans la bataille arrivent.

C'est splendide. C'est gris et enfumé comme je disais, couleurs tamisées qui contrastent avec les vues précédentes. C'est un Paris du huitième siècle reconstitué en réel grâce à un spécialiste de la ville au Moyen Âge et consultant historique, mais aussi en images de synthèse à cause d'un incendie qui m'a coûté trois jours de retard supplémentaires et une invasion de rats, au total presque une semaine de tension et d'argent gaspillé. Les habitants sont en costumes et en mouvement, s'affairent à leurs occupations mais à cause de la guerre ils sont plutôt en train de courir dans tous les sens, de tomber, de trébucher. Il y a des chiens aussi, des chevaux, des chats, des poules et des coqs. Des charrettes de pommes de terre renversées avec les pommes de terre qui ont roulé jusqu'au milieu de la rue.

L'intérêt doit être documentaire autant qu'esthétique. *Roland furieux* s'inscrit dans l'histoire de France, et la bataille de Paris, bien que n'ayant jamais existé, en fait ici partie. À l'écran je prévois un bon quart d'heure au moins pour ce passage décrit plus haut, avec les chrétiens courant derrière Rodomont et les combats de rue. Le spectacle doit être grandiose. En visionnant les rushes, le trouble Seznec n'en finissait plus de me pousser à rajouter des gros plans sordides relatifs à la terreur et au mal, matrice du film selon lui : un cœur sanglant encore palpitant embroché au bout d'une lance, un globe oculaire éclaté entre deux doigts sales, le sang qui gicle sur les doigts, plusieurs corps qui marchent sans tête et se rentrent dedans, un javelot en travers du cou d'un cavalier qui tente de l'enlever avant de tomber de cheval et de se rompre les os, un homme en flammes qui traverse la rue à genoux, un vieillard pendu par les cheveux au fronton d'une église, le détail d'entrailles répandues sur l'asphalte rongées par les vers et becquetées par les pies, un mort revenant à lui pour faire planer son fantôme au-dessus des cadavres, un enfant pendu par les pieds (ça c'est vraiment dégueulasse, ai-je opposé à Seznec, tu peux pas laisser ça. Mais il s'est contenté de sourire). Il prenait un réel plaisir à rajouter ces piments-là au film, sans pour autant que je me laisse faire. J'en distillais bien moins. Pour lui l'Arioste avait composé surtout une histoire de violence, quand mon jugement à moi, comme je l'ai dit, était plus tempéré : si justement *Roland furieux* est un chef-d'œuvre, c'est parce qu'il joue sur plusieurs cordes : l'amour et la violence, la mort et la vie, la légèreté et la tragédie.

Depuis qu'il avait intégré l'équipe technique, ou plutôt s'était intégré lui-même, avec sa chaise attitrée, Seznec se prenait pour un deuxième réalisateur et dirigeait les figurants, les maquilleuses et Régis l'accessoiriste avec un contrôle qui commençait à m'exaspérer car de plus en plus autoritaire. Flanqué de sa cape d'imperméable qui volait derrière lui et de ses lunettes orange, il ressemblait à un méchant dans le film. Ce détail ne pouvait que me plaire, par contre il se croyait tout permis sous prétexte qu'il m'avait offert des armes de collection et me promettait une bonne partie du budget restant. L'urgence de la situation, aggravée par la pression qu'il nous mettait, aboutissait à des résultats visuels sommaires tant au niveau du maquillage que des trucages, et ce mode opératoire brouillon provoquait à l'image le rire plus que la peur. On se serait cru dans un film de série B. Ce mec était en train de transformer mon film, de le saboter. Et quand je le lui faisais savoir, il me répondait qu'il ne transformait rien, il amplifiait. Il polissait un diamant brut. Mon film était de toute façon un film de série B dès le départ, que je le veuille ou non. Il l'avait tout de suite perçu. Et grâce à lui il devenait un bon film de série B.

Ce type aurait fini par me mettre en rage, j'avais envie de lui foutre cordialement sur la gueule et tout en l'air, surtout quand il voulut mettre son nez dans la bande-son qui est sacrée pour moi, remplacer les violons par des notes de piano frivoles. Mais les flics m'ont empêché d'en venir aux mains. Ils ont fait une descente surprise à six heures un matin en sortant Seznec du lit de l'hôtel où on logeait, l'ont plaqué au sol en lui gueulant dessus avant de le menotter. Il serait interrogé pour des affaires que sur le moment je ne voulais pas connaître. On me ficha des espions partout sur le tournage le temps que dure la garde à vue et ensuite on admit que j'étais hors de soupçon. J'avais au préalable placé le coffre d'armes en lieu sûr et seule une caméra contenant une carte mémoire pleine fut confisquée. À partir de ce jour-là l'équipe fut victime de manœuvres d'intimidation visant de toute évidence Seznec, toujours absent, et émanant selon toute vraisemblance de ses complices qui ne souhaitaient pas être balancés. Qu'avait-il fait ? Sûrement du trafic d'armes.

Quand il revint, soi-disant blanchi, avec son sourire froid habituel accroché aux lèvres, les manœuvres d'intimidation redoublèrent : vols de matériel, agressions physiques des acteurs entre le lieu du tournage et le lieu d'hébergement, coups de fil anonymes avec menaces de mort, livraison de cent pizzas chaque soir que personne n'avait commandées et qu'il fallait régler.

Je fis appel à une équipe de sécurité renforcée que je ne pouvais pas payer, alors je dis à Seznec que soit il déguerpissait pour de bon et je ne voulais plus jamais le revoir, soit il me montrait le bout du nez d'un quelconque argent. Et c'est encore là, en souriant mais de manière plus large, presque chaleureusement, qu'il sortit de la poche intérieure de son imperméable deux liasses de cent billets de cinq cents euros correspondant, selon ses mots, à la première partie du solde qu'il me devait. La suite arrive.

Je devenais complice d'un escroc. Mais qu'importe. Le film devait exister.

Il fallait payer les nouveaux décors post-incendie, se doter de machines à fumée pour plonger Paris dans le brouillard et faire croire à certains bâtiments en feu – cette fois-ci pour de faux. Ces techniques utilisées en discothèque ne nécessitaient pas un savoir-faire particulier. Régis, à moitié artificier, se fit tout de même aider par Phil et Marc pour savoir où les placer, comment les raccorder et surtout à quoi. Les groupes électrogènes tombaient successivement en panne. Tout le monde travaillait d'arrache-pied, l'aventure se poursuivait.

Et à l'heure qu'il est, dans notre histoire de Moyen Âge, c'est-à-dire entre le début du mois de février et le courant du mois de mars 768, chacun, où qu'il soit, est en train de penser à Paris où se joue l'essentiel, le nerf de la guerre. Pas un chevalier qui ne compte s'y rendre d'une manière ou d'une autre pour prêter main-forte à son camp. Mais les moyens de locomotion rapide par voie de terre ou d'air n'existant pas encore (sauf cas exceptionnel de l'hippogriffe), ça prend du temps, pareil pour la transmission des messages à pied.

De mon côté ce que je désire avant tout c'est aller à l'essentiel, faire plus court encore que Calvino en supprimant des passages, même si j'invente d'autres épisodes et tournures, de sorte que le spectateur y trouve sa place, sa propre liberté, sa propre histoire à lui. Je garde néanmoins Astolphe dont le rôle par la suite est crucial : il va aider Roland, qui n'est pas encore devenu fou mais ne va plus tarder à l'être après un événement majeur que j'aborderai, à retrouver la raison.

Mais d'abord une romance exceptionnelle qui a son importance. Dans ce canevas chevaleresque où chacun court après l'amour sans jamais l'obtenir, en voici deux qui vont bien se trouver. C'est par leur histoire que s'ouvre la nouvelle séquence. Le film connaît alors une rupture où l'émotion prend le pas sur l'action. Ma manière de filmer s'en ressent, qui s'attarde plus qu'à l'accoutumée sur l'aspect photographique.

En cette période de guerre intestine où il n'est pas rare justement que des intestins se répandent sur les champs de bataille, c'est d'abord une belle amitié qui unit deux jeunes garçons mahométans, recrues du régiment d'infanterie de Dardinel : Médor et Cloridan. L'attachement de l'un à l'autre, fort, généreux et désintéressé, a dépassé les clivages et suscite au sein des deux camps, chrétien et musulman, respect et admiration. À tel point qu'on hésite parfois à leur tirer dessus au combat. Eh oui, la guerre n'exclut pas une certaine humanité, et au milieu du chaos parfois persiste une bouffée d'oxygène qui aide à tenir le coup, à respirer un peu au fond de cette opacité.

Il faut avouer qu'ils sont reconnaissables à leur extrême jeunesse : quinze ans pour Médor, dix-sept pour Cloridan. Autant dire des enfants. Deux ans d'écart c'est peu mais ça vaut au plus vieux quelques poils sur le menton et des angles déjà prononcés, quand Médor garde un visage rayonnant de poupon. Pas que son visage : tout chez lui respire la pureté, comme si ses cheveux d'un blond soyeux n'avaient jamais été salis par la crasse et le sang de ses frères d'armes, et ses yeux bleus rien vu de l'horreur du monde. Alors que trop. C'est là où il est fort, notre Médor. Toutes les plus hautes valeurs se consument en lui et semblent préserver son âme de la souillure de l'existence, à croire que les recoins les plus sombres n'avaient pas de prise sur lui. Peut-être est-il inconscient ? Ou encore sujet à l'insouciance de la jeunesse ?

Toujours est-il que le jeune homme constitue pour tous ses compagnons de guerre, pas seulement pour Cloridan, un solide réconfort. Et il se bat avec bravoure. Pourtant, contrairement aux personnages évoqués jusqu'à maintenant dans cette épopée, Médor n'a rien d'un héros, encore moins d'un surhomme ou d'un demi-dieu doté de pouvoirs, ou versant dans de quelconques artifices magiques ; nulle force supérieure à la moyenne, courage normal, un peu petit en taille, aucun destin particulier en vue : simple soldat, juste, un fantassin, anonyme à jamais parmi tous ces anonymes qui se battent, se sont battus et se battront pour un pays en changeant le cours du monde sans que personne retienne leurs noms.

Pas un héros, donc, ce Médor, ni un chevalier : un garçon ordinaire avec ses limites, ses peurs, ses doutes, ses fragilités. Mais très beau et d'heureuse nature. La douceur de Médor contraste avec la robustesse apparente de Cloridan, sa carrure renforcée, ses os solides ; avec quelque chose d'agressif qu'il porte sur son visage et dans ses yeux (et forcément aussi un peu dans son caractère), quelque chose d'agressif et d'éminemment belliqueux. À eux deux ils font la paire, l'un tempérant l'ardeur de l'autre, quand l'autre allume la mèche de l'un.

Mais ce soir-là, de garde sur les remparts où l'ennemi paladin les tient assiégés, ils sont tristes, disons même qu'ils ont le cafard. Un énorme cafard à couper à l'épée, qui empêche d'avaler, de parler, de respirer. Au terme de cette journée ayant vu l'arrivée dans Paris des troupes écossaises menées par Renaud, on dénombre des deux côtés près de cent mille morts. En majorité sarrasins. Pour cette fois-ci les chrétiens l'emportent. Moyenne d'âge des victimes : vingt ans. C'est atroce, tous ces avenirs prometteurs tués dans l'œuf, ces progénitures qui n'existeront jamais, ces destins de familles interrompus, ces petits Pierre, Paul, Ali, Mohamed, Ismaël, Dominique, Mouss, Ben, Steven, Pablo qui n'ouvriront jamais les yeux, qui n'auront jamais d'yeux.

L'air est rempli des odeurs du sang, des corps en décomposition, du malheur qui vous glace le cœur si vous êtes encore vivant et paralyse vos mouvements, vos pensées. Au plus profond de la nuit sans lune, couverte, sans étoiles, on n'y voit pas à dix centimètres ; s'élèvent des deux camps plaintes et gémissements humains ; la scène est cauchemardesque, d'une terreur sidérante. On pleure un proche, un parent, on pleure sur soi-même, ses blessures, ses mutilations, ses meurtrissures. On cherche à oublier ce qu'on a vu mais on n'oubliera jamais, et ça va recommencer, le cauchemar va redevenir réalité, il l'est déjà, on ne dormira plus sur ses deux oreilles, fini, même de retour chez soi ; pour les plus faibles la vie est foutue. Comment se relever après ça. On est au cœur de ce qu'un être humain peut connaître de pire, au plus bas de l'abîme où l'absence de vie, de lumière, est pire encore que la mort. Peut-on encore avoir la pensée de Dieu dans ces instants ? Qu'est-ce qui traverse l'esprit de ces jeunes martyrs, chrétiens ou musulmans ? Avant d'être opposés pour des questions de culte, ils sont hommes avant tout. À quoi se raccroche-t-on pour continuer à vivre quand on est jeté dans l'enfer sur terre ? À sa mère ? À rien ?

Il y a une chanson, depuis l'enfance, qui fait remonter en moi toutes les émotions provoquant ces questions : « Brothers in Arms » de Dire Straits. La musique est l'autre grande histoire de ma vie. Très tôt, j'ai baigné dans la musique : les Beatles, The Cure, Depeche Mode, David Bowie, Mozart. Il y avait toujours de la musique chez moi. À l'arrière de la voiture familiale, pendant les voyages je mettais les Stranglers dans mon Walkman et je regardais défiler le paysage. Je me faisais des films dans ma tête. C'est peut-être comme ça que sont nées mes histoires. Alors je vais voir, je vais peut-être la mettre quelque part dans la séquence, cette chanson. Quand « Brothers in Arms » est sorti à mes sept ans et que je l'écoutais, j'avais la sensation que le chanteur s'adressait directement à moi, et les modulations très expressives de sa voix m'apaisaient parce qu'elles confirmaient ce que, si jeune, je ressentais déjà sans l'exprimer par rapport aux êtres vivants et aux conditions dans lesquelles on évolue tous : un univers apocalyptique où cohabitent vie et mort, espoir et terreur, humanisme et cruauté. La musique pour moi fait partie intégrante d'un film, autant qu'un personnage. Le silence, c'est de la musique aussi. Il ne faut pas minorer l'importance du silence. La musique est un cadre autour du silence. Alors j'essaie de doser, j'alterne les deux.

Ce jour-là, Médor et Cloridan s'en sont sortis sains et saufs. Ils déplorent la perte de leur jeune chef tant aimé, le respecté condottiere Dardinel. Dardinel, c'était comme un frère pour eux, un aîné, un père.

Médor, le plus sensible, ne cache pas ses larmes, que de toute façon dans cette obscurité on ne devrait pas voir mais avec le recours à une lumière bleutée qui reproduit la vision de nuit sous un clair de lune elles apparaissent. D'ailleurs tout ce que j'ai évoqué au sujet de l'ambiance et du contexte se révèle particulièrement sous cette lumière spéciale, qui renforce le sentiment de désolation.

Les éléments étaient encore contre nous quand nous avons tourné cette partie dans le champ de bataille artificiel d'Amboise, la pluie n'en finissant plus de tomber. Or à l'écran la pluie et la gadoue auraient eu tendance à brouiller les détails, à noyer l'image dans un vague torchis, les larmes dans les gouttes.

Nous avons donc filmé au sec, dans le Tarn, en studio, le même que pour celui de la forêt du début où nous avons dû nous rabattre, le même aussi que pour d'autres scènes du film. Et c'est vrai que les contours sont devenus plus nets, la lumière cinégénique. On a enfin pu voir Médor pleurer, ses larmes silencieuses, lourdes, douloureuses.

J'avais demandé à climatiser l'intérieur du studio afin que de la buée s'échappe de la bouche des acteurs, ce genre de détail contribuant à l'effet de vraisemblance que je recherche systématiquement et qui fait que sans savoir pourquoi tu adhères, tu rentres dans l'image. Même s'il faisait froid, les conditions de travail pour les comédiens devenaient plus agréables, tourner sous la pluie est toujours inconfortable. Désavantage indéniable par contre : le coût du studio, même petit et obtenu par voie amicale. À cause des intempéries l'argent filait quand nous n'étions pas même à la moitié du tournage. Et il avait fallu construire un nouveau fond sur l'ancien en urgence. De précieuses heures de tournage auront ainsi été perdues.

J'essayais tant bien que mal de tenir le cap. De me concentrer sur mes acteurs : Martin Glove, là, pour Médor. Qui joue merveilleusement bien. Avec son corps, sa posture, son port de tête, ses yeux. C'est Marc qui me l'a trouvé à la sortie d'un lycée parisien. Il était en option théâtre. On cherchait un profil assez précis, visage doux, tête d'ange, regard ardent. L'autre jeune homme, pour le rôle de Cloridan, lui, est passé par une agence, il avait déjà joué avec Gérard Jugnot dans *Les Choristes* et sa photo circulait dans le milieu. On a mis un an à les réunir.

Le personnage de Médor, donc, qui pleure. Ses larmes ruissellent sur sa peau de bébé et Cloridan, s'approchant de son visage pour déposer un baiser sur ses joues, les sent. C'est par ce plan que débute notre scène, les lèvres de Cloridan contre la peau humide de Médor, entrecoupée de visions nocturnes d'un champ de bataille spectral recouvert de brume. Cette brume uniformise le relief accidenté du terrain en le rendant presque accueillant. Il joue bien aussi, le garçon qui campe Cloridan. Il est très beau, ses traits sont plus marqués, plus bruts, plus durs. Dans le film le jeune soldat aimerait pleurer à son tour, libérer sa tristesse, au lieu de quoi elle reste contractée dans son ventre.

Le regard tourné vers le ciel, donc dans le contexte vers un néant (un néon) sans espérance, Médor annonce soudain qu'il veut récupérer la dépouille de son chef, lui offrir une sépulture. Le savoir ainsi offert sur le champ de bataille en pâture aux charognards ne le laisse pas en paix. Dût-il mourir, il traversera le camp ennemi et ira trouver son corps dans la campagne hostile. Puis il s'enfoncera dans la forêt et l'enterrera. Au cas où il ne reviendrait pas, Cloridan se chargera de faire savoir son acte courageux ; ainsi la renommée les gardera unis dans le respect. Mais comment reconnaître son maître parmi ces milliers de morts ? Il prie la nature de lui venir en aide, il est un peu panthéiste sur les bords, il s'adresse à la nuit, à l'astre lunaire qu'il nomme Sainte Déesse, Triforme, comme s'il s'agissait de Dieu lui-même. Viens-moi en aide. Fais-moi voir le lieu où repose mon roi.

Au terme d'un dialogue que je vous épargne, Cloridan, d'abord opposé à ce projet jugé trop risqué mais devant la détermination de son ami et par amour pour lui, finit par s'incliner. Je t'accompagne, dit-il. À deux nous aurons moins de risque de nous faire tuer. Et je préfère périr à tes côtés plutôt que de mourir de douleur si tu ne reviens pas.

Ils partent. Se sont fait remplacer sur les remparts. Cloridan passe devant. Il ouvre la voie à son compagnon en tendant son épée devant lui. Les deux adolescents marchent un peu à l'aveugle, traversent des ponts de planches, des fossés, passent sous de hautes portes en bois, arrivent au camp ennemi. Le champ de bataille se présente enfin : une immense étendue de gadoue, nue, sans aspérités hormis quelques buttes et accotements, plongés dans les ténèbres. La brume s'est dissipée depuis mes premières vues. Médor se remet à implorer les divinités païennes de faire la lumière sur Dardinel et voilà que la lune surgit de derrière un rideau nuageux alors qu'on pensait, à tort, à une nuit sans lune. Elle produit l'effet d'un projecteur, d'une poursuite qui balaie dans l'ombre la terre retournée, jonchée de cadavres d'hommes, de chevaux, pour se fixer sur un écu rouge et blanc qui est celui de notre personnage recherché. Médor, qui reconnaît le bouclier, se précipite, enlace son roi, l'embrasse, manifeste des signes évidents d'émotion. Cloridan est heureux aussi mais reste vigilant, couvre son ami, surveille les alentours.

On finit bientôt par devoir y aller. La forêt voisine est visée. Un lieu convenable sera trouvé pour ensevelir noblement le chef. On évoluera à couvert. Il faudra néanmoins s'armer de force pour transporter le corps jusque-là, on n'est pas trop de deux pour le porter.

La clarté de la lune commence déjà à faiblir devant l'arrivée timide du jour. On aperçoit à gauche les contours dessinés de la butte de Montmartre, à droite ceux de la butte de Montlhéry. Les deux soldats font quelques mètres avec la dépouille quand une troupe à cheval les repère en même temps qu'ils repèrent la troupe à cheval. Tout se précipite, Cloridan lâche les bras du mort pour s'enfuir vers la forêt. Il pense que Médor, qui tenait les jambes, a tout lâché à son tour pour le suivre. C'est sous-estimer l'attachement de Médor à son maître. Il garde le corps serré contre lui tout en finissant par atteindre les arbres. Les cavaliers rejoignent Médor qui se fait encercler pendant que Cloridan, déjà loin, se fraie une course entre les troncs, sûr que Médor le suit. C'est alors que le malheur va frapper une deuxième fois.

Le chef de la petite troupe est Zerbin le Bon, qui revient d'un combat nocturne contre des Maures isolés. Il n'est pas particulièrement mauvais, Zerbin, on l'a déjà fait comprendre, mais il conduit des cavaliers qui, eux, le sont. Et cependant que le chevalier à la tête du groupe est ému par la fidélité de Médor envers son seigneur et décide, bien qu'ennemi, de lui laisser la vie sauve, un soldat écossais, légèrement saoul et très fatigué, un peu con aussi, juste pour le plaisir de répandre le mal, lui envoie du haut de son roussin sa lance en pleine poitrine, qui la perfore. Médor tombe mort. Entre-temps Cloridan a remarqué l'absence de son ami derrière lui et est revenu sur ses pas. Il assiste à la scène et, n'écoutant que sa fureur, se jette dans le tas de chrétiens pour massacrer tout ce qui bouge. C'est sans prévoir qu'il se fasse tuer lui aussi.

Triste scène que deux jeunes gens à l'orée de l'existence, étendus sans vie dans une mare de sang pour avoir voulu donner une belle mort à leur supérieur. Comme se demande Calvino, ne serait-ce pas là rien de moins que l'image de la solidarité propre à la jeunesse ? Bref, le tableau est bien moche. Et beau à la fois : nature, sentiments élevés, jour qui se lève, position des corps les uns par rapport aux autres rappelant certaines peintures romantiques. Mais rassurez-vous, de toute cette tragédie un bonheur est en train de naître. Une éclaircie arrive, enfin.

Elle se présente sous les traits d'une jeune bergère qui, passant par là, tombe sur les deux corps étendus sous un bosquet d'ormes. Or l'un d'eux n'a pas l'air tout à fait mort. C'est celui de Médor. Il respire. Son ventre se gonfle et se dégonfle. De l'air sort par sa bouche. Ses paupières closes tremblent. Son front est tiède. Il a perdu beaucoup de sang mais pas encore la vie. La bergère s'en rend compte, elle court quérir de l'aide. Revient quelques minutes plus tard accompagnée d'un vieillard vêtu de hardes et tenant par la bride un âne. Au prix de gros efforts, Médor est hissé sur le dos de l'âne et transporté jusqu'à la demeure du vieillard, une cabane à un étage solidement construite au milieu d'un bois de hêtres, qui tient bien debout, retient la chaleur, protège de la pluie et de l'humidité. L'endroit idéal pour Médor qui y sera hébergé et soigné le temps qu'il faudra.

Au prix de gros efforts à nouveau il est transporté sur le lit de la chambre du haut, une petite pièce confortable mais sombre, éclairée à la bougie, chauffée en partie par le conduit de cheminée de la pièce du bas où règne un grand feu, avec voilages aux fenêtres, minuscules fenêtres, lambris aux murs, deux sculptures en bois posées sur des coffres représentant pour l'une un forgeron en train de battre le fer et pour l'autre quelque chose comme la Vierge Marie ou Marie Madeleine. On dirait une chambre de chalet de montagne.

Médor, que son transport a fait revenir brièvement à lui, dans un souffle a exprimé à la jeune fille son désir que le corps de son seigneur fût enseveli à côté de son ami. Après l'avoir remis sous la surveillance de l'hôte elle repart dans la forêt pour enterrer les corps et en profite pour récolter quelques plantes curatives. Elle est en effet experte dans l'art médicinal, appris de son père lui-même l'ayant appris de son père qui l'avait appris de son grand-père (lequel n'était pas tout à fait le père de son père mais qu'importe).

À son retour, à l'aide de deux pierres elle broie des herbes au-dessus de la plaie du soldat jusqu'à ce qu'un jus s'écoule et se répande sur toute la longueur de la blessure : l'hémorragie s'arrête. Grâce à d'autres remèdes naturels, Médor est bientôt hors de danger. Il a juste besoin de repos.

La jeune fille dont le visage se dérobe le plus souvent au spectateur est à son chevet dans la chambre sombre, pourvoyant à ses moindres besoins : eau, torchon humide sur le front, prise de pouls, toilette, le border, remettre un coussin qui est tombé, changer sa taie d'oreiller.

Ses heures d'intimité avec lui, où il ne fait cependant que dormir, la rapprochent un peu davantage du malade. Elle qui l'a sauvé par pitié va éprouver pour le convalescent un peu plus que cela au fil des jours.

Pendant qu'il dort elle a tout le loisir de le regarder sans être vue et la contemplation de son visage le rend plus délicat à ses yeux, plus ravissant, plus touchant chaque jour.

Une fois Médor en état d'ouvrir les yeux et de parler, son charme, son élégance, son caractère et sa bonté ont tôt fait de lui être révélés et de lui retourner le cœur. La flèche, invisible, qu'elle reçoit à son tour n'est pas moins efficace que la lance du Sarrasin plantée dans le ventre de Médor. C'est le coup de foudre. Elle devient folle amoureuse du jeune homme et ne sait comment se débarrasser de cette maladie d'amour qui maltraite son sang au point de ne plus la laisser en paix pour dormir, manger, parler convenablement, penser à autre chose. Le jeu de l'actrice et jusqu'aux cadrages serrés sur le grain piqueté de la peau, sur le tremblement rougi de l'œil et à l'importance donnée à tout ce qui s'apparente à une émulsion de l'âme, doivent suggérer cet état de malaise avancé. On s'attachera entre autres à la sensualité du clair-obscur et des bougies.

La voilà bientôt fiévreuse. Pour guérir, pas d'autres solutions que d'avouer son mal à celui qui en est la cause, et une fois la chose faite, comme la bergère est fort jolie, plus jolie que n'importe quelle autre femme de ce film, Médor tombe sous son charme.

Elle a son visage très proche de celui de Médor quand elle lui annonce qu'il lui plaît, très proche aussi de la caméra dans un effet de champ-contrechamp. Elle portait un châle sur la tête qui la dissimulait en partie et vient de glisser sur ses épaules tandis qu'elle s'approchait de Médor pour l'embrasser. Et c'est seulement là que le spectateur la reconnaît, quand elle est toute proche de nous (et donc de Médor), à l'instant même où, après que Médor dans un murmure lui a demandé son nom, elle confirme par sa réponse l'identité que nous venons de découvrir, avant de presser ses lèvres contre celles de Médor dans un léger contre-jour provoqué par la flamme d'une bougie en arrière-plan. Je suis Angélique, dit-elle. Fille du grand khan de Cathay. Celle que tout le monde courtise et qui maintenant est à toi.

CHAPITRE 9

Les deux amants se découvrent : premières tonalités romantiques

Parce que Angélique reste une femme autoritaire ne pouvant s'empêcher de dicter aux hommes leur conduite (parce que aussi, nous y reviendrons, malgré son succès elle ne sait pas s'y prendre avec les hommes), la première chose qu'elle fait est de pinailler sur le prénom. Médor, Médor, bof, pas très sexy.

Sans lui demander son avis, elle change Médor en Fédor, moins canin, un peu dostoïevskien avant l'heure.

Va pour Fédor, se dit Médor qui n'y voit aucun problème, trop sous le charme de sa conquête pour s'inquiéter d'un tel comportement tout de même assez possessif et volontaire quand leur relation ne fait que commencer, et qui ne présage rien de bon pour la suite, moi je vous le dis.

Contrairement à tous les anciens illustres prétendants de la princesse, Fédor, que nous continuerons à appeler Médor par respect pour la tradition, semble trouver un malin plaisir à se laisser faire, à être choyé, couvé. On dirait presque qu'en la personne d'Angélique il a trouvé une mère de substitution. Il n'essaie pas de lui prouver qu'il est l'homme qu'il lui faut, fort, beau, courageux ; qu'avec lui elle ne craindra rien. Il n'essaie pas de paraître sous son meilleur jour. De séduire. De contrôler quoi que ce soit pouvant faire pencher le rapport en sa faveur. C'est même tout le contraire : il laisse poindre sur son visage et dans ses yeux des expressions de crainte, de peine, de douleur. Ne se présente pas toujours coiffé. Dort avec ses chaussettes. Ne sait pas embrasser. Garde les lèvres serrées. Sent la sueur séchée. Est un peu raide du cou, des bras.

Angélique lui apprend : ouvre la bouche, détend un peu ta langue, tourne ta langue autour de la mienne – d'abord va te laver les dents.

Isabelle George, qui tient toujours le rôle d'Angélique, avait prévenu. Elle accepte les scènes d'amour à condition qu'aucun membre de l'équipe n'apparaisse dans son champ de vision, surtout pas le cadreur Bertrand qu'elle ne peut encadrer. Et parce que dans la vie aussi Médor (Martin) lui plaît, elle tolère qu'il la touche. On évitera de braquer les projecteurs directement ou de tamiser outre mesure les ébats, exige-t-elle, et aucun bruit ne doit venir la parasiter, éventuellement une musique en sourdine pour détendre l'atmosphère, *La Flûte enchantée* ou *Le Lac des cygnes*. Pas de fesse ni de poitrine à l'air, encore moins le reste, juste les épaules et le dos, le cou jusqu'au début des seins et ok pour les cuisses, concède-t-elle.

Mais moi je vous le dis : on n'a jamais vu ça : une scène avec une musique hors champ qui ne s'entend pas dans le film, personne sur le plateau alors que des bruits de succion et de frottement de peau ne peuvent être captés que par un perchman, une lumière ni trop forte ni trop intimiste, un nu habillé. Isabelle, à l'image de son personnage, est compliquée, voire plus que son personnage. En réalité c'est elle qui a besoin de se détendre, pas l'acteur Martin. Lui est très à l'aise avec tout ça, il blague, charrie un peu sa partenaire. Ne dirait pas non pour jouer un petit porno.

Pour assurer un minimum, elle boit du saké entre deux prises, ça la rend un peu flottante, donne à ses gestes un côté nébuleux pas terrible. Mais elle semble plus libérée ainsi. Alors ok. Va pour le saké.

Je filme au zoom. J'aurais préféré être plus près, tout contre. Le zoom, surtout en basse lumière, augmente le grain, fait baisser la qualité. Angélique et Médor roulent l'un sur l'autre. C'est la nuit. La lune entre dans la chambre et éclaire faiblement la scène. La fenêtre est fermée, pourtant on entendra la bande-son de bruits de forêt tout autour, une chouette et des branches qui, prises dans le vent sifflant, se fouettent l'une contre l'autre.

Quelques bougies offrent une lumière d'intérieur à peu près acceptable. On voit les fesses dénudées de Médor, deux briochettes appétissantes. À un moment Angélique se retrouve au-dessus de lui, dans une posture dominatrice. Elle porte un chemisier à moitié déboutonné. Ses longs cheveux blonds sont relevés sur sa tête pour ne pas couvrir celle de Médor. Son cou luit, tout comme le début de son buste. Je souhaite qu'une flamme brille dans ses yeux, au sens propre : qu'on aperçoive dans sa pupille le reflet d'une flamme qui oscille. Le texte est le suivant :

Ferme les yeux. Ne me regarde pas quand tu m'embrasses. Respire. Passe ta main dans mes cheveux. Défais le nœud qui les retient. Descends le long du dos. Quand tu le sentiras, tu pourras me toucher devant, en haut seulement (en bas n'y compte même pas).

Le personnage de Médor doit rester maladroit, gêné. Cette attitude décalée le rend plus séduisant encore aux yeux de sa fiancée que n'importe quel chevalier fier-à-bras jusque-là rencontré. Justement parce qu'il ne fait rien pour la charmer, Angélique fond. L'inverse est vrai aussi, je l'ai déjà dit. Une femme qui se sait belle et en joue perd des points. Pourtant c'est le cas d'Angélique, assez sûre d'elle, de ses atouts, directive, en d'autres occasions distante, froide, voire glaciale. Mais Médor, qui n'est jamais sorti avec une fille et donc n'a aucun point de comparaison, trouve que pour l'instant l'ensemble lui plaît, nous verrons pour les défauts plus tard. Pour une première c'est une première de choix, se dit-il. Il la trouve mignonne. Elle a de beaux cheveux qui sentent bon, brillent. Elle a une bouche de fille. Des yeux de fille. Un petit nez de fille aussi, qu'on croirait modelé dans de la porcelaine. Mais pas de n'importe quelle fille. De la plus belle fille du monde. Il est content.

Angélique est totalement amoureuse. Lui, il est content.

Au bout d'une dizaine de jours, quand il a pu se soulever dans son lit, elle a observé la découpe de son corps sur le contre-jour de la fenêtre qui répand dans la pièce sombre une lumière de pleine journée, le haut nu de son corps qui s'élevait de quelques centimètres sur le côté (de dos pour nous), qui s'appuyait sur un des coudes, dessinant un triangle isocèle de clarté dans l'espace vide laissé entre l'aisselle (sommet du triangle), l'arête du tronc jusqu'au début du bras (les côtés) et le matelas (la base). J'insiste ici sur le travail du chef opérateur (moi) qui cherchera à créer un effet graphique indiscutable, procurant le temps de quelques secondes un plaisir sensuel au spectateur, lequel ne pourra s'empêcher de capter le subtil érotisme émanant de ce tableau vivant vu par Angélique (dos puissant du sujet malgré son jeune âge, lumière contrastée, draps repoussés au pied du lit, plis du drap rappelant les plis de la peau et les mouvements nocturnes du couple), juste troublé par les infimes soulèvements eux-mêmes connotés du rideau de tulle pris dans le vent irrégulier de la fenêtre entrebâillée.

Et si Angélique se pâme d'amour pour Médor, c'est aussi parce qu'en plus d'être fin de visage, délicat de gestes, il est bien taillé physiquement, proportionné, généreusement gaulé. A ce qu'il faut là où il faut.

Le voilà maintenant qui s'appuie sur son bras tout entier. Le triangle isocèle se déforme, ressemble presque à un triangle rectangle.

Il pue, Médor, après être resté si longtemps alité, et pourtant il sent bon. Ses cheveux ne paraissent jamais sales. Il a beau être une simple recrue d'infanterie anonyme, un pauvre petit soldat qui jamais ne deviendra chevalier, Angélique trouve qu'on dirait un seigneur. Et puis il est si doux, si généreux. À ses côtés elle se sent apaisée, en sécurité. Sans aucun doute, se croit-elle bon d'avancer, voilà l'homme de ma vie. Mais s'y connaît-elle en mari.

Elle soutient le soldat qui s'essaie à effectuer quelques pas dans la chambre. Ils vont jusqu'au broc d'eau, la bassine, font demi-tour devant la fenêtre. Tournent autour du lit. Le lendemain descendent l'escalier et s'aventurent dans la salle de séjour du bas qu'un grand feu de cheminée inonde de chaleur et de flamboiement tamisé. À la fin de la semaine ils mettent un nez dans le jardin, s'assoient près d'un cerisier, sur une souche, écoutent un merle chanter. Médor propose éventuellement de fabriquer une balançoire, loisir assez peu répandu à cette époque. La conversation entre eux est difficile car n'étant pas de même culture, ils ne parlent pas la même langue. Mais avec des gestes, quelques rudiments de latin, on parvient à se comprendre un peu. Et on rit, beaucoup.

Jusqu'au moment où voilà, ils sortent du jardin. Médor va mieux. Ils évoluent dans la forêt, l'un près de l'autre, sans oser se donner la main. Médor se déplace tout de même encore difficilement à cause de sa blessure, il est courbé. On avance lentement. Parfois il s'appuie sur Angélique lorsque ça monte mais en général ils ne se touchent pas. Quand il s'appuie sur Angélique cette dernière est émue de recevoir son corps sur son épaule gauche, de sentir un poids sur elle, une chaleur, celle de l'homme qui incendie son sang. Même voûté, Médor est plus grand qu'Angélique d'au moins une demi-tête, cependant Angélique, par rapport à la moyenne des femmes en ce temps-là, est plus haute (au moins un mètre soixante-cinq).

Ils font des rondes sans s'éloigner trop de la maison. Ils se méfient des chevaliers isolés contre lesquels Médor n'aurait pas encore retrouvé assez de forces pour se défendre.

Ils apprennent à se connaître. Ils s'observent, se sentent. Ont trouvé une autre souche pour s'asseoir, décidément on débite dans le coin. Puis une pierre plate qui sert de banc. Parlent avec les yeux. Laissent beaucoup de silence. On est bien. Lorsqu'on est bien ensemble nul besoin de parler. Devant ces projections attendrissantes, je cherche à ce que le spectateur oublie la guerre et les soucis de l'histoire pour s'émouvoir de la pureté d'un amour naissant, avec l'euphorie que cela procure. Rien de plus. Juste de la douceur gratuite dans ce passage.

Quand les amoureux se déplacent, ils ne suivent pas les sentiers, coupent à travers des boqueteaux, traversent des tapis de feuilles sèches, de mousse. Ça craque ou ça s'enfonce sous les pas. C'est dur ou c'est mou, c'est sec ou c'est humide. On remarque un écureuil, un nid de passereaux. Et là, ce qu'on entend, n'est-ce pas un merle ? Encore ? Décidément il nous suit. On s'émerveille. On rit encore. En riant on découvre ses propres dents : celles de Médor, dont la famille n'a jamais eu l'argent pour les refaire, se chevauchent, surtout devant ; il y aurait du boulot pour un orthodontiste. Celles d'Angélique sont bien blanches et alignées comme les touches d'un piano.

On finit par se prendre par la main. Zoom sur la main. L'auriculaire d'Angélique va chercher l'auriculaire de Médor. Les deux auriculaires entrent en contact et s'entortillent aussitôt, se mousquetonnent. De l'auriculaire on glisse vers la paume de la main et c'est toute ma main contre la tienne. Je sens battre ton cœur dans la paume de ta main. Tu sens battre mon cœur dans la paume de ma main. Nous ne faisons plus qu'un. Deux êtres distincts réunis en un, un être deux fois plus fort, plus puissant, plus irradiant. Chaque seconde est une éternité de confort, de bien-être et de confiance qui circule dans notre corps. À nous deux tout est possible. Il n'y a plus de mort, de fin, de difficulté. On est beau, jeune, amoureux pour toujours. Le temps s'est arrêté. On ne sera jamais vieux. On ne sera jamais gros. On ne sera jamais moche. On ne sera jamais autrement que ce qu'on est maintenant. On se souviendra de ces moments comme des meilleurs de notre vie.

Le spectateur percevra l'intensité de l'instant grâce à des plans rapprochés sur la peau fraîche des visages, encore toute lisse, sur les sourires, sur l'innocence des gestes et la pétillance des regards. Et seulement alors j'envoie le clip. Il dure une minute quarante-trois et se déroule sur le refrain de Fun, « We Are Young ». Il est là pour transmettre l'esprit de la jeunesse et d'un amour en train de naître, quand l'innocence suspend nos vies. Par son aspect joyeux et libre, il doit complètement s'opposer à certaines scènes qu'on a pu voir de la guerre et de la mort. Il montre que la vie c'est aussi ça : des tranches de plein bonheur. On les voit courir, sauter, rire, tournoyer sur eux-mêmes. Faire la ronde. La caméra tourne aussi. Ou alors elle est placée à l'intérieur de la ronde en champ-contrechamp sur les sujets avec le paysage derrière qui défile à une vitesse folle. Parfois je les prends en contre-plongée pour les rendre plus grands. Parfois en plongée pour les rendre plus petits, fondus dans la nature.

Ils rient beaucoup, donc. J'insiste là-dessus. Quand on est amoureux et heureux, on rit. Et ils rient d'un rien. D'une fleur qu'ils viennent de cueillir et s'accrochent derrière l'oreille. D'une mèche de cheveux prise dans le vent qui barre le front en diagonale. D'une brassée d'herbes folles que Médor souffle à la figure d'Angélique. D'une envolée de pissenlits. D'un papillon qui ne semble pas savoir ce qu'il veut (papillonne). De l'un d'entre eux qui trébuche contre une racine aérienne et s'affale dans un lit d'orties, d'un autre qui chute dans une mare (mais c'est l'autre qui l'a poussé).

Le clip montre tout cela. Médor est à l'origine de ce qui les fait rire. Angélique tente aussi l'opération pour se mettre à niveau et le séduire en retour mais elle n'a pas un humour décapant, elle sait rire de l'autre mais ne sait pas faire rire, c'est tout un art d'être drôle, du coup ça tombe un peu à plat. Il y a des filles comme ça. Médor se force quand même, sourit, histoire de lui faire plaisir, de ne pas la froisser, mais l'intention n'y est pas.

Fin de la minute quarante-trois. La musique baisse. Les mouvements se figent. Une forte détonation vient de retentir, toute proche. Celle d'un canon. Quelques secondes passent avec la musique basse où on les voit en train de se souvenir du contexte, de la réalité tragique : Médor qui a perdu son ami et son maître, qui a vu des horreurs et a failli y passer. De la guerre qui complique leur amour, les obligeant à fuir. De leur union qui n'est pas au bout de ses peines. Les visages se renfrognent, l'éclat dans leurs yeux s'est transformé en lame de couteau. L'existence n'offre que de courts répits. Il faut rentrer, vite. Fin de la musique. Fin aussi de la parenthèse enchantée.

On rentre, donc on ne risque plus de croiser Roland qui arrive dans le secteur.

J'arrête un instant le cours du film pour vous renseigner sur l'état psychologique du personnage Roland, comment il est, où il se trouve, ce qu'il a fait. Vous pourrez ainsi mieux le comprendre, appréhender son comportement à venir. Toutes ces indications seront livrées aussi à Riccardo avant la scène qui viendra. Il m'écoute attentivement. Il semble se faire un devoir d'offrir le meilleur de sa personne. Moi je m'attends au pire.

Je ne sais plus si je l'ai dit mais Roland, donc, au gré de ses errances, s'est rapproché de Paris, disons à une centaine de kilomètres au nord, dans le Val d'Oise. C'est là qu'il est tombé sur Mandricard dans la scène dite « à l'épée Durandal », ce sera à trois jours de marche de là aussi qu'il va découvrir la relation entre Angélique et Médor, laquelle découverte causera sa chute. Ce détail géolocalisateur a son importance dans l'histoire car à partir de maintenant Roland va tomber plus bas que terre. Il sera même à ramasser à la petite cuillère – expression consacrée que j'aurais eu tendance à effacer par méfiance pour les formules toutes faites mais je ne l'ai pas choisie au hasard : d'abord parce qu'elle rime avec terre, ensuite parce que être ramassé suppose être secouru par quelqu'un. En effet quand on s'écroule, mieux vaut être entouré, or c'est précisément ce qui sauvera notre héros d'une mort certaine, la suite de l'histoire le révélera.

Pour l'heure, le moins qu'on puisse dire est que la situation de Roland est préoccupante. Depuis qu'il est reparti sans son épée Durandal, certains ont commencé à trouver derrière lui, disséminées dans la nature au gré de son chemin, projetées dans les buissons comme par rage ou par dépit, les différentes pièces constitutives de son armure. Je n'ai pas enregistré cette partie, privilégiant l'ellipse. Quand l'objectif se braquera sur Roland, il sera déjà nu.

Car oui, Roland, non content de s'être délesté de son attribut principal, s'est peu à peu déshabillé. D'abord le casque, la cuirasse et l'écu. Ensuite les éperons, les jambières et les brassières. Ne me demandez pas pourquoi. Trop chaud ? Le réchauffement climatique n'est pas encore un sujet d'actualité en ces temps médiévaux et nous sommes à plusieurs semaines du printemps, il fait plutôt frisquet.

La raison est ailleurs : à l'écouter parler tout seul de fleurs, de paix, de liberté individuelle et d'amour communautaire, restant ainsi fidèle à ses convictions de départ et annonçant sans le savoir l'idéologie hippie, on pourrait comprendre qu'il souhaite entrer en communion avec la nature, se rapprocher d'elle, devenir la nature elle-même. Quitter sa carapace de chevalier pour révéler son vrai visage, plus humain. Cette attitude n'est pas sans rappeler celle du Christ, hippie avant l'heure, qui n'eut de cesse lors de son court séjour sur terre de remettre avec intensité l'humain au centre de la question divine et de se faire lui-même plus humain qu'humain. Bien sûr je ne voudrais pas blasphémer, Roland non plus qui croit trop au Christ pour se prendre pour lui, sans compter qu'il n'y a rien de divin dans sa condition (de demi-divin seulement), mais c'est juste pour dire que sous son nouvel aspect, désormais sans protection, il peut faire penser à lui, à la représentation qu'on en a souvent : maigre, marqué par l'austérité d'une vie précaire et de privations, souffreteuse, sobrement vêtu et peu, du genre à être plus proche du pauvre que du riche, du malchanceux que du chanceux.

Et de la chance à présent Roland aimerait en avoir, c'est là où il diffère du Christ. Contrairement à lui il n'accepte pas de porter sa croix, il subit son destin avec lourdeur, il voit que les éléments se dressent et il voudrait que ça change, que le vent tourne : trouver Angélique et qu'elle l'aime enfin comme auparavant. Mais s'il nous apparaît encore humaniste dans ses propos, il ne pense plus tellement ce qu'il dit, il s'exprime de manière automatique, s'accroche aux restes de ce qui a constitué sa personnalité ; il commence à ne plus croire en rien. Il parle pour ne pas perdre la face.

En vérité et pour dire l'inverse de ce que j'ai avancé quelques lignes plus haut, en se déshabillant il se déshumanise. Il quitte son apparence d'homme pour aller vers celle de l'animal, cochon, porc, chien errant, dont il se sent désormais plus proche. Voilà la vraie raison. Mais c'est difficile à admettre, pour nous comme pour lui.

Roland marche donc en traînant les pieds sous des chênes verts pas très hauts, pas très gros, le dos courbé et la tête baissée sur ce qu'on pourrait prendre pour un sentier de sous-bois mais qui n'est qu'un passage laissé libre par le hasard de la plantation des arbres. L'action a lieu en décor naturel. Et il est en slip, là, sous la lumière clairsemée d'un milieu de journée dégagée qui parfois laisse filtrer à travers les branches dénudées elles aussi un rayon pudique de soleil sur la blancheur du seul linge le couvrant – son torse est nu. Enfin blancheur plus tout à fait puisque c'est le slip qu'il garde depuis trois mois. D'ailleurs slip ou caleçon : au Moyen Âge on ne sait pas trop. Tout de même, la couleur plutôt claire de ce sous-vêtement détonne parmi les teintes sombres de la végétation sans feuilles en hiver. Et puis bon, on n'a pas l'habitude de voir quelqu'un marcher à moitié nu en slip dans une forêt non loin de Paris.

Le slip, c'est ce qu'on remarque en premier – voilà seulement ce que je voulais dire avec cette histoire de lumière.

Pour bien qu'on sente qu'il est un peu dérangé et va avoir besoin d'aide, après l'avoir montré en train de parler tout seul comme je l'ai dit, plan américain, légèrement en plongée, épaules dégagées, sans casque, je le présente en train de chantonner. Mais pas chantonner gaiement. Plutôt chantonner nerveusement. Avec dans le ton et l'intention quelque chose qui trahit un malaise, un mal-être imposant.

Le plan large qui le fait surgir en sous-vêtement et doit marquer le spectateur, presque lui soutirer un rire gêné, arrive en même temps qu'on commence à l'entendre chantonner. Les paroles de la chanson n'ont pas d'importance pourvu qu'on comprenne qu'elles sont incohérentes. On peut éventuellement percevoir qu'il est question d'un oiseau qui gazouille dans une cour de ferme et vient s'abreuver à la surface d'une flaque, et d'un coq qui le regarde – personnellement je trouve pertinent le rapport entre l'oiseau innocent et la folie naissante, mais ça se discute. Le coq ce serait nous : spectateurs qui, satisfaits, contemplons la déchéance à distance.

Pour la première fois Riccardo respecte à peu près son rôle. Il a compris qu'il devait jouer un ange déchu, plus déchu que dans les scènes précédentes. Il ne le fait pas mieux qu'un autre mais il marche en titubant, paupières lourdes, à marmonner des aberrations. Il joue son propre rôle quand il est bourré et cette idée, je pense, il l'a bien intégrée. Mais il s'applique encore un peu trop, il ne lâche pas la bête. Le spectateur est mis de côté. Peut-être faudrait-il qu'il soit davantage alcoolisé – je n'ose y songer : la subtilité du jeu consistant, comme je l'ai déjà laissé entendre, à garder une certaine dignité dans la posture pour qu'on décèle encore la marque d'un haut personnage historique.

Les indications de jeu pour le rôle prévoient que : Roland progresse lentement mais tout de même assez vivement (il est pétri de matière super-héroïque, ne l'oublions pas) car le voilà qui arrive dans le secteur de Médor et Angélique, matérialisé au centre par la maison du vieillard qui les héberge. Il est susceptible de tomber sur eux à n'importe quel moment. En voici une bonne nouvelle, notre chevalier touche à son but.

Ce qu'il découvre alors le remplit d'espoir, le comble presque de bonheur, avant de l'achever net et de précipiter sa fin.

Nous sommes au cœur de notre histoire, au jour charnière où chez l'Arioste tout bascule : Roland y devient encore plus furieux qu'il ne l'est, pète une durite, commence à déraciner les arbres, à retourner le lit des rivières, tue tout ce qui bouge. C'est là où je vous dis qu'au début j'avais pensé à Leonardo DiCaprio et sa folie furieuse ou à Jack Nicholson dans *Shining*. Au final rien de tout ça : mon Roland n'est pas furieux, il est malheureux, désarmé. Il correspond davantage à la réalité des hommes : fragiles derrière leur faire-valoir de virilité. Après le *Roland amoureux* de Boiardo, le *Roland furieux* de l'Arioste, voici le *Roland malheureux*. Un Roland romantique auquel on s'identifie mieux, plus humble, qui nous ressemble à nous tous qui parcourons les terres et les mers de la vie pour chercher l'amour. C'est toute l'humanité qui se lit à travers lui, davantage que si j'avais représenté Roland furieux. Je ne critique pas le livre du poète, je dis seulement que sa peinture de l'homme peut être revue. S'identifie-t-on à quelqu'un de furieux ? Certes l'amour met en colère, mais seulement dans un premier temps. Arrivent toujours inéluctablement la tristesse, le spleen, la chute. Il faut se permettre de tomber pour se relever. Accepter sa souffrance et se faire tout petit au lieu de lutter. Là est le secret de la renaissance. C'est ce que va faire notre Roland, et grâce à cela il va renaître.

J'ai eu l'idée du Roland malheureux pendant le tournage. C'est venu en observant mon acteur Riccardo si dépité. À force d'essayer de voir en lui mon Roland, l'inverse s'est produit : j'ai vu Riccardo en Roland : un homme sans qualité. J'ai tout de suite trouvé que ce serait plus adapté à notre époque de montrer un héros en proie à la dépression. *Roland malheureux* n'était pas un très bon titre de film. J'ai opté pour un autre, plus long, qui installe une ambiance médiévale et de mystère : *En la forêt de grande aventure*. Ou *de noble aventure*. Ou encore : *En la forêt de belle aventure*. J'hésite. Faut voir. Je le trouve tout de même un peu trop doux ce titre, trop gentillet, un peu trop poétique et décalé par rapport au rythme enlevé du film, aux actions qui s'enchaînent. Il me faudrait un titre plus accrocheur, original, drôle si possible. J'avais pensé à :

Roland, Roger, Renaud et les autres. Avant de me rétracter : ça faisait un peu Claude Sautet.

Au soir de ce jour fatidique, donc, dans cette scène cruciale, notre héros se déplace sous le couvert des arbres d'une parcelle agricole commune quand il sent l'odeur du parfum d'Angélique.

Accroché à un buisson il voit ensuite, flottant dans la brise, les fils d'or d'une pincée de ses cheveux. Enfin, le tissu déchiré si reconnaissable d'une de ses robes, fabriqué en Chine, se remarque sur l'épine d'une ronce le long du chemin vicinal. Son cœur a accéléré. Il se redresse comme une bête. Angélique est passée par là. Elle est peut-être même toute proche. Le hasard l'a enfin conduit vers elle. Il va pouvoir la regarder, lui parler, la serrer. Construire la nouvelle vie à laquelle il aspire si profondément.

Mais le bonheur est de courte durée car presque aussitôt se sent-il revivre qu'il remarque sur le tronc des arbres à l'entour un nom gravé au couteau sous celui d'Angélique, le tout entouré d'un cœur : Médor. Que cela signifie-t-il. Pourquoi le nom d'un inconnu s'offre-t-il à sa vue en compagnie de celui de son aimée. Je souhaite qu'à partir d'ici la pénombre du soir envahisse l'espace pour donner plus d'épaisseur à ces découvertes mystérieuses et jeter davantage le personnage dans la confusion.

D'abord Roland se persuade qu'il s'agit d'un surnom assigné à son intention par Angélique, à qui il doit manquer terriblement.

Bientôt il aperçoit sur les parois d'une grotte devant laquelle il vient à passer, écrites au charbon, des déclarations d'amour en arabe destinées à une certaine Angélique aussi. Dans un excès de fierté dont on sait qu'elle est capable, rien n'empêche de croire qu'Angélique se fût adressée à elle-même des pensées d'amour, mais cette éventualité est peu probable, surtout en arabe.

Cette fois-ci Roland, qui déchiffre parfaitement cette langue, en est presque sûr : si c'est bien de son Angélique qu'il s'agit, elle est aimée de quelqu'un d'autre. Toutefois rien ne laisse penser que ce soit réciproque. Peut-être a-t-elle été kidnappée.

Il se raccroche à ce dernier espoir et progresse vers une chaumière qui semble de l'extérieur garantir tout le confort dont Roland a besoin pour se regonfler et où il n'hésite pas à demander l'hospitalité. Devant sa piteuse apparence on la lui offre sans hésiter. Il se couche sans prendre la peine de faire une toilette et se réveille le lendemain vers treize heures trente, tranquille Émile. La scène s'achève au moment où Roland épuisé s'endort.

Riccardo n'a pas eu à parler au cours de toute la journée de tournage. Je l'ai capté dans mon viseur en train d'évoluer parmi les arbres et dans la grotte. Le jeu n'était pas très difficile et il s'en est plutôt bien sorti. Néanmoins je me dis toujours que ça pourrait être mieux. Je reste assez insatisfait par rapport à ce que je projetais : plus frais, plus naturel. Mais bon. On fait avec ce qu'on a.

Le lendemain, quelle n'est pas la surprise de Roland d'apprendre que non seulement il a dormi dix-sept heures, mais qu'il repose dans le lit même où se sont aimés il y a peu une princesse d'Orient et un soldat sarrasin en quarantaine. C'est ce que lui raconte son hôte, le vieillard, personne affable et souriante, propriétaire de la maison, qui ne se remet pas d'avoir assisté à une si merveilleuse et émouvante idylle. La description de la princesse ressemble en tout point au portrait que Roland lui montre. Un bracelet porté par le vieil homme lui aurait été remis par elle en remerciement de son hospitalité ; Roland reconnaît celui qu'il lui a offert jadis, avec des pierres précieuses incrustées dedans.

L'hôte, incarné par un figurant plutôt bon interprète, c'est-à-dire composant un minimum avec les silences, le vide, y va alors de sa petite histoire et livre naïvement à Roland tous les détails qui finissent de le terrasser. Champ-contrechamp sur Roland et le vieillard, Roland dont on aperçoit le visage, déjà pas très frais, se décomposer peu à peu. Le vieillard, lui, avec enthousiasme : comment ils s'aimaient, comment ils se sont aimés. Comment les petits cris de plaisir qu'ils poussaient traversaient le plancher et venaient jusqu'à lui dans la pièce du bas. Ce qui semble l'avoir le plus marqué est que le soldat était de simple condition, pas du tout comme la princesse. Et ça c'est pas courant. Cette différence rendait leur amour très touchant. Pour finir il l'informe que les amoureux se sont mariés en secret ici même, dans cette chambre, et qu'ils sont partis le lendemain de leur nuit de noces, toujours dans ce lit, c'est-à-dire avant-hier, pour le sud de l'Espagne, d'où ils comptent prendre la mer pour la Chine, chez la jeune fille.

Au terme du récit, dans un ultime effort pour rassembler ses forces et sa pensée, Roland se lève afin de remuer, contester, au moins faire quelque chose, ne pas rester sans réaction devant cette avalanche de mauvaises nouvelles qui l'achèvent. Mais il s'écroule au pied du lit, recroquevillé sur lui-même. Tout est devenu trouble, tout s'est assombri. Le chevalier va bientôt perdre conscience. Son cœur ralentit. Son pouls est faible. Il perd conscience.

Les yeux de l'acteur se révulsent. Il a simulé un malaise. La simulation d'un malaise chez Riccardo se passe invariablement ainsi : écroulement soudain et bruyant après avoir hoqueté comme une locomotive sur le point de caler, perte de souffle (il prend sa gorge entre ses mains), râles, cambrure prononcée du dos, petits pas en arrière, tête renversée, clignement exagéré des paupières, yeux qui roulent dans leurs orbites, bouche tordue, convulsions visuellement alarmantes des bras et des épaules. Il est très fier de ce mime, digne selon lui du théâtre antique. Il dit qu'il est un des meilleurs en Europe à l'exécuter. Moi j'annonce : cinq prises nécessaires pour éviter le ridicule. J'ai collé l'objectif contre son visage avant de montrer le corps en entier, hors de contrôle. J'ai écarté le pire.

En ce qui concerne Roland : voilà, on y est. Le meilleur chevalier du monde est vaincu. Victoire d'Angélique par

KO, pourrait-on croire. En réalité c'est pire : Roland est mort. Vous allez comprendre ce que j'entends par là.

Noir à l'écran de quelques secondes pour casser le rythme et créer du suspense. Ensuite retour de l'action. Enfin de l'action pas tout à fait, disons de la tension.

Roland est au plus mal. Trois paires de mains surgies de nulle part soulèvent le corps inerte de la victime pour le remettre sur le lit, aèrent la pièce, aspergent son visage, assènent des petites claques aux joues livides. On croit d'abord que le pauvre garçon ne respire plus. En réalité si. Mais souffle très ténu. Après avoir repris connaissance il refusera de s'hydrater, de s'alimenter, il n'aura plus la force de commander l'ouverture de sa bouche à son cerveau. Ses yeux restent fermés, il semble mort, cliniquement il ne meurt pas. Ça dure un ou deux jours comme ça.

On voit ensuite l'individu, que je n'ose plus appeler Roland tant il est méconnaissable et peut être joué par n'importe qui, puiser dans ses ultimes ressources pour quitter sa chambre en pleine nuit, rouler dans les escaliers, ramper dans l'obscurité et la boue jusqu'à une clairière plus ou moins secrète, se recouvrir de feuilles et rester ainsi quatre jours et quatre nuits, à attendre la mort, bien décidé à s'achever. Elle ne vient pas. Cette échappée, je la confie à un cascadeur, mieux à même à mon sens de ramper, de rouler dans les escaliers et de se vautrer dans les feuilles avec talent.

Si j'ose alors dire qu'Angélique a tué Roland c'est parce que, à ce stade du film, celui qui se présente sous les traits de Roland, dans un immense effort se redresse pour s'asseoir, quitte sa couverture de feuilles, marche à quatre pattes et, puisque la mort ne veut pas de lui et qu'il a faim, porte à sa bouche ce qui lui tombe sous la main, des feuilles, donc, des brindilles, de la terre, des excréments de renard, autant dire rien de comestible (ce qui à défaut de le nourrir le fait tousser et reprendre un peu ses esprits), celui-là n'est plus que l'ombre de lui-même ; ni homme, ni plante, ni animal : un fantôme. Le fantôme de Roland, oui.

C'est au fantôme de Roland que nous avons affaire désormais, dis-je à l'équipe afin que tous sachent où nous en sommes de l'histoire. Une créature morte-vivante qui se déplace dans les bois en geignant, avec de la mousse aux coins des lèvres, en se tenant aux arbres, en tombant, sans plus de slip ni de caleçon, totalement nue, à la peau couleur suie à cause de la saleté, à la barbe longue et noueuse, aux cheveux emmêlés et durs comme de la paille qui recouvrent les oreilles. Bref, une apparition à faire peur.

C'est la dernière ligne droite du film, celle qui va conduire Roland à son ultime épreuve : la déchéance, le fond du trou avant, ose-t-on espérer, la résurrection.

Je me suis fait beaucoup d'idées sur ce passage. Je voyais dans ma tête tous les détails. J'ai fait des dessins, des schémas, un storyboard. J'ai griffonné des notes. J'attends le meilleur du comédien qui va servir un jeu désormais très difficile.

Roland doit se présenter comme le plus pauvre et le plus piteux des hommes. Il ne tient plus debout, il rampe. Il ne se déplace plus qu'ainsi : en rampant. Et il bave. Il suffoque. On n'entend plus le son de sa voix jusqu'à la fin, c'est-à-dire pendant encore vingt-cinq minutes de film. Il est comme un soldat gravement blessé sur le champ de bataille qui tente de rejoindre la tranchée pour se mettre à l'abri. Ou comme un lépreux qui se traîne. Le jeu, physique, est devenu très subtil car se recentrant sur le regard (puisque le corps disparaît) où on décèle une vitalité incendiaire. En effet Roland continue à chercher Angélique. Sa motivation ne faiblit pas. Il va même continuer son voyage, descendre toute la France et rejoindre les côtes africaines. Mais comment est-ce possible dans son état ? Vous verrez. La fiction, qui est capable de tout, n'a pas dit son dernier mot.

J'informe mon équipe de ce que j'attends : DiCaprio, encore lui, dans *The Revenant.* Le corps vous lâche mais tout ce que vous êtes remonte dans les yeux.

Comme je doutais que Riccardo fût capable de faire reposer tout son jeu sur son regard, j'avais pensé l'échanger contre le cascadeur de la fin de la scène précédente puis, mieux, contre Martin Glove (Médor). Ils ont le même gabarit. Mais ce dernier ne voulait pas disparaître sous le maquillage, il tient à ce qu'on le reconnaisse car il compte afficher les photographies de son rôle dans son book. Et le contrat signé avec Riccardo stipule que seule une impossibilité à travailler (maladie, blessure, mort) peut amener le réalisateur à repenser la situation en vue, éventuellement, d'un remplacement. Et uniquement dans ce cas, ne manque pas d'appuyer son agente qui tient absolument à Riccardo au centre du film.

Or, à part sa cheville enflée qui le fait encore souffrir mais ne gêne pas son jeu, Riccardo est en parfait état. Mais contre toute attente l'impossible était sur le point de se produire : l'acteur italien, ainsi acculé au pied du mur, pour la première fois du tournage allait se révéler excellent.

CHAPITRE 10

La mélancolie de Bradamante ou le retour de la Chevalière Blanche

S'il y en a une, comme Roland, qui n'est pas au mieux de sa forme, c'est Bradamante. Je parle du personnage dans le film, pas de l'actrice : elle est au top, gentille avec tout le monde, éclatante ; parfois nous discutons le soir après les rushes et c'est délicieux.

Vous vous souvenez de Bradamante ? Elle est de loin mon héroïne préférée dans cette aventure. Nous l'avons quittée tandis qu'une nouvelle fois le destin la séparait de Roger qui s'envolait sur son hippogriffe pour l'île d'Alcine, et elle accusait le coup.

Là, on la voit debout, c'est déjà ça. Mais elle n'a pas le moral. Son fiancé lui manque. Surtout, elle est jalouse. Après avoir enfin retrouvé Roger qu'un mauvais sort d'Atlante, depuis sa libération du château d'acier, ne cessait d'éparpiller aux quatre coins du monde sans possibilité d'organiser sa vie personnelle, ni que lui-même pût choisir ou prendre en main quoi que ce fût dans son agenda, elle l'a de nouveau vu partir et apprend à son sujet des informations peu enviables. C'est qu'effectivement il la tromperait avec Marphise, une chevalière sarrasine redoutable. Moi j'avoue, Marphise, dans son costume et maquillée de mascara, dès que je la vois elle me fait de l'effet, avec son visage dynamique encadré de cheveux couleur jais, sabrés au carré, ses yeux perçants, sa combinaison noire en cuir moulante, son attitude mystérieuse parfaitement feinte pour le rôle et ses airs de toujours en vouloir à tout le monde. Mais de là à me laisser séduire, je ne sais pas. Si on creuse, si on entre à l'intérieur des personnages, ce qui est le propre du roman, en sondant la nature de leurs sentiments, on distingue chez Roger une attirance pour Marphise qu'il parvient néanmoins à réfréner, à tenir à distance, et c'est ainsi que nous vivons tous, avec des attirances ou des répulsions pour les gens contre lesquelles nous ne cessons de lutter pour ne pas leur succomber, sinon la vie serait ingérable, pour soi et les autres. Certains se laissent tenter mais pas Roger. Bradamante n'a pas trop à craindre. C'est plutôt un bon gars. Il a les yeux qui traînent, c'est sûr. Il est très sensible aux charmes féminins et ne dit pas non à une espèce de séduction mais ne tenterait jamais rien pouvant mettre en péril délibérément son union avec Bradamante. L'inverse, l'attirance de Marphise pour Roger, est vrai aussi, cependant Marphise n'en a pas conscience. Elle est trop guerrière pour cela, elle ne se permet pas d'analyser ce qu'elle ressent, c'est une machine. Sa vie sexuelle et sentimentale relève de l'énigme ; je la soupçonne d'ailleurs, en tant que personnage, justement parce qu'elle ne sait pas ce qu'elle veut, de participer à des orgies brutales et anonymes, plans échangistes et autres partouses géantes. Mais sur ce point je projette peut-être mes propres fantasmes.

Un soir qu'avec l'équipe nous nous étions rendus à la discothèque L'Exotica sise 28 route des Lacs pour nous délasser entre deux jours de tournage et garder un bon moral de troupe (il n'était pas question de rentrer à l'aube, juste boire un verre ou deux), j'observai depuis un des canapés de la salle Justin Nantucket et Jean-Claude Maf, aux rôles respectifs de Renaud et Ferragus. Ils étaient en pause, accoudés au comptoir du bar, toujours maquillés mais sans leur costume de scène. Autour d'eux les lumières, les rayons laser, la fumée artificielle de la discothèque, les hauts murs de verre et la musique, tout rappelait le palais enchanté du livre de l'Arioste que je n'ai pas encore mentionné, un lieu de beauté, d'illusion et de magie qui attire et où se croisent nombre de chevaliers qu'il rend plus ou moins fous, certains qu'ils sont d'apercevoir l'être recherché, aimé, le cheval, l'épée ou le casque convoités mais c'est un leurre, perdus dans le labyrinthe des couloirs et des miroirs dupliquant leurs reflets et les appels à l'infini.

Le DJ résident de la boîte de nuit s'appelait Merlin et le bâtiment se perdait au fond d'une forêt obscure. Les deux hommes étaient touchants, si près l'un de l'autre, l'air attentionné. Dans la vie les rapports entre Justin et Jean-Claude Maf sont ambigus, on ne sait pas s'ils se plaisent en tant qu'amis ou davantage. Ils sont là, très proches, parfois à se toucher le bras, l'épaule. Et les gens passent derrière en dansant. Je me suis dit alors que ma scène du palais enchanté ce serait elle : Renaud et Ferragus, sans leur armure, qui se parlent au milieu de la musique forte et de la foule enjouée. J'ai filmé avec mon appareil photo. La musique qui passait était « Blue Monday » de New Order et j'adore cette chanson. Je la doublerais pour qu'on l'entende mieux dans le film.

« Blue Monday », Renaud et Ferragus immobiles mais complices, avec autour des hommes et des femmes, acteurs, actrices (Catherine Futur pour Marphise, qui en vrai préfère les femmes mais n'est pas fermée non plus), techniciens et anonymes, les anonymes se mêlant à l'équipe, les prenant à partie, tous en train de se trémousser de plaisir en solo ou à deux, trois, quatre sur du putain de bon son : la prise est exceptionnelle. Peut-être la meilleure. J'avais bien fait de me laisser tenter par le lieu sur les recommandations de Régis qui envisageait depuis longtemps un moment de détente et de relâchement pour toute l'équipe, toujours bénéfique. Mon seul regret : que Marabella (Bradamante) n'ait pu être de la fête, concentrée sur son rôle à tenir le lendemain.

Et son rôle le voici : Bradamante chemine sur une route de campagne dans le territoire de Montferrat et de Clermont, en Auvergne, après avoir quitté le pays de Cahors, la ville de ce nom et les rives de la Dordogne. Elle apparaît en train de marcher, pensive. Elle marche devant sa monture Rabican tenue par l'encolure.

Ne voyant pas revenir Roger et n'en pouvant plus de l'attendre sans rien faire, Bradamante s'est décidée à partir sur les routes à sa recherche, à l'image de tous les personnages de ce conte. Ce qu'on peut en retenir, c'est qu'un chevalier est toujours en mouvement, en quête, actif, hyperactif même, ce faisant disponible, prêt à relever n'importe quel défi.

La marcheuse se situe devant son cheval et pas dessus pour la simple raison qu'elle a besoin de se dégourdir les jambes, faire un peu d'exercice afin de repousser les mauvaises pensées qui l'assaillent, les visions désagréables : celles de Roger dans les bras de Marphise, selon les rumeurs. Mais elle n'ose y croire, comme toutes les femmes dans ce cas-là elle se raccroche à la confiance qui les lie en théorie, au fait que Roger est un garçon forcément différent des autres, cœur pur, jamais ne la trahirait, lui ; à aucun moment ne reluquerait une autre fille.

Elle en est là de ses ruminations quand l'incident se produit : on lui refuse l'entrée d'une auberge où elle compte passer la nuit et dîner, sous prétexte que d'après la loi de Tristan dont l'enseigne de l'établissement porte le nom (Le Roc de Tristan), toute personne cherchant le gîte en ce lieu doit combattre les occupants qui y sont déjà. Le vainqueur a le droit d'entrer et de rester, et le perdant dort dehors. Si quelqu'un d'autre pendant la nuit se présente à la porte, le gagnant doit défendre sa place. Pour les femmes, le séjour se joue vulgairement au concours de beauté. La plus belle reste, la plus moche sort.

Je mets en scène l'évènement comme une pièce de théâtre, pour ne pas changer. Tout se passe en studio. Décor : extérieur de porte d'entrée en bois massive, fenêtres donnant sur une salle à manger largement éclairée dont on devine depuis dehors l'effervescence par la présence de buée sur les vitres. On entend de vifs éclats de voix, de rire. Bradamante arrive de la gauche avec son cheval et s'apprête à entrer par la porte, au centre.

N'ayant nul autre endroit où aller sous la pluie pénétrante et le froid encore griffant de ce début de mois de mars en plein cœur de l'Auvergne, elle accepte les règles de ce jeu qu'elle trouve stupide mais que voulez-vous, ce n'est pas nouveau : le monde marche sur la tête – déjà à l'époque. Elle ne veut pas dormir à l'extérieur et elle a faim. Donc elle se prête au rite, contrainte et forcée, avec toujours en tête l'image de Roger avec Marphise qui la ronge et la rend mélancolique. On le devine à son air absent.

En quelques minutes elle vient à bout des trois rois : Rick, Nick and Sick. Ils sortent l'un après l'autre, plus ou moins saouls, se mesurer à elle selon la règle en usage. L'un d'eux, le deuxième, se prend le pied dans le rehaussement qui ferme les marches au-dessus de la porte du perron et s'étale dans la boue. Les autres se marrent. Tous pestent à cause de la pluie, de la température, ils allaient se mettre à table devant un bon poulet et en attendant étaient bien contents de se réchauffer contre le feu où grillait le volatile embroché après cette journée de marche. Ils déboulent de l'extrême nord de l'Europe et sont, par ordre de taille : rois de Suède (aspect de petite boule), de Danemark (cube moyen) et de Norvège (rhombicuboctaèdre). Ils escortent une ambassadrice d'Islande missionnée par la reine d'une île glacée dite Île perdue pour trouver en France le plus valeureux des chevaliers. La réputation de la France en matière de chevaliers a dépassé les frontières. On connaît les exploits de Roland, mais pas seulement. La reine souhaite, après que l'ambassadrice aura servi d'appât pour le ferrer, en faire son époux.

Bradamante expédie les trois guignols dans les ronces et trouve près du feu la jeune femme en question, une personne de belle allure avec une robe à fleurs et au visage de poupée, presque un peu trop parfait pour y trouver du charme. Elle s'exprime d'une voix chevrotante. Nouveau plan, nouveau décor : intérieur de l'auberge, couleur claire des murs, grande cheminée, tapis rouges au sol – bon effet de l'ensemble. Quelques armes sont exposées dont une arquebuse, nouveauté révolutionnaire de l'époque, ancêtre des armes à feu et des carnages à venir.

Elles se font servir à dîner, Bradamante enlève son casque, mais à un moment l'un des serveurs plus physionomiste que les autres fait la remarque qu'il y a deux femmes à table, contrairement à la loi n'en admettant qu'une seule à la fois sous le toit. Un concours de beauté est alors lancé, un jury improvisé. On rapproche les tables, on en fait une grande qui prend toute la largeur de la salle et derrière laquelle viennent s'asseoir les jurés, alignés face aux participantes qui défileront sous la lumière du chandelier central. Le jury se constitue inégalement de cinq hommes et d'une soubirante, à l'occasion coiffeuse et habilleuse de l'ambassadrice, adolescente impressionnable d'à peine quinze ans qui a beau défendre sa maîtresse en votant pour elle parce qu'elle veut continuer à être payée c'est Bradamante qui l'emporte à l'unanimité des garçons. Cette dernière s'oppose toutefois à voir l'ambassadrice jetée dehors comme une malpropre, avançant qu'elle est ici en tant que chevalier ayant obtenu sa place par les armes, et non en tant que femme. La règle concernant le sexe n'entre plus en compte.

Comme Bradamante a pas mal de charisme, on l'écoute et bientôt on se range derrière son avis. Affaire réglée. Tout le monde dormira au chaud, même les trois rois ridicules que Bradamante finit par faire rentrer en catimini vers minuit en leur demandant de se cacher sous les tables et de repartir discrètement avant l'aube. Nous avons dans cette scène, et c'est pourquoi je l'ai gardée, un exposé démonstratif de la hauteur d'âme de Bradamante qui décidément même dans l'épreuve et la souffrance est une personne de grande qualité, puissante, solide, généreuse et intelligente. Je me demande si en définitive elle n'incarne pas le personnage principal de cette histoire, au lieu de Roland. (Ou la femme de ma vie.) Bradamante semble plus forte que lui dans l'adversité, plus équilibrée, endurante. En tout cas les deux chevaliers, plus que tout autre, recherchent l'amour dans la douleur, c'est le moins qu'on puisse dire.

Et la douleur, pour Bradamante, va aller en s'accentuant. Dans la séquence suivante, après l'épisode de l'auberge, on la voit en train d'avancer au pas sur son cheval en pleine nature, nature immense, étendue désertique, horizon infini ; collines, reliefs, monts, restes de neige sur les côtés.

Au milieu de ce grand ensemble nappé de brume et à la lumière tamisée légèrement bleutée, un bleu sombre comme si c'était la fin du monde ou une journée qui n'a pas encore commencé, elle paraît minuscule, vulnérable, infiniment petite perdue dans l'infiniment grand.

Mais elle avance, coûte que coûte, sous la pluie, la grêle, sous la dernière neige, sous n'importe quoi qu'on puisse inventer. Cette séquence, je la veux musicale pour pénétrer le cœur des spectateurs. Ils ne sauront être insensibles à la beauté des images, des plans, à l'émotion qui s'en dégage. Je l'ai intitulée : « Bradamante entamée mais forte dans l'épreuve ». Elle dure une minute vingt-sept et se déroule sur le morceau « When the Smoke Is Going Down » de Scorpions. Les premières mesures de la chanson provoquent un frisson. Elles arrivent en opposition avec ce qui précède, c'est-à-dire une action, doivent marquer une pause, évader le spectateur.

Première note, première vision : gros plan sur les pieds de Bradamante dans les étriers de son cheval, puis toujours sur les premières envolées de la guitare solo : gros plan sur les sabots du cheval en train de monter et descendre comme les bielles d'une locomotive à vapeur, laissant comprendre que l'animal avance, que la personne sur le cheval et dont on ne connaît pas encore l'identité avance aussi. Sept secondes se sont passées depuis le début du morceau. En fin de huitième seconde, quand le premier coup de batterie est plaqué, trois plans très rapides, en rythme avec la musique, montrent successivement la personne sur le cheval de dos d'assez loin, puis de face (on reconnaît

Bradamante), enfin de face toujours mais de beaucoup plus loin, avec les montagnes, la nature, le chemin sur lequel l'action se déroule et qui paraît, avec le recul, si étroit. Le décor est posé.

Ensuite toujours sur la musique bien forte, qui emplit toute la salle de cinéma, on suit Bradamante de profil qui traverse une forêt, un pierrier, un village désert. On la voit s'arrêter devant une auberge à la tombée du jour, descendre de son cheval, le désatteler, dîner toute seule dans un coin de la salle à manger, souffler une bougie sur la table de nuit près de son lit simple pour dormir, se remettre en selle au petit matin devant la porte de l'auberge et à nouveau traverser des déserts.

Le clip raconte l'histoire d'un voyage à cheval qui dure, qui se répète, progresser dans la nature, trouver un gîte, dormir, manger, repartir. Tout cela dans la solitude et le dénuement. Pour retrouver Roger, apparemment. On prend pitié de la voyageuse. On sent que ce n'est pas facile pour elle, qu'elle fait preuve de patience et d'humilité, qu'elle subit les difficultés que lui envoie l'existence tout en restant active, vivante, digne. La musique un peu lancinante fait comprendre que c'est une action qui s'allonge dans le temps, que ce n'est pas l'affaire d'une ou deux journées mais d'au moins une semaine.

De la même manière que la vie de Bradamante semble entre parenthèses, le spectateur fait une pause dans le film, assiste au temps qui s'arrête et se déplie sous ses yeux, ressent le vague à l'âme de journées où rien ne se passe. Une minute et dix secondes de clip plus tard, au moment où la mélodie prend son essor, on surprend Bradamante en train de rêver éveillée ; les images sur l'écran deviennent celles de Bradamante dans sa tête : elle et Roger qui se serrent l'un contre l'autre, qui tournent, sourire béat, pupilles dilatées par l'intensité de la complicité et des retrouvailles, tombent par terre, se roulent dans l'herbe comme des amoureux qui ne se quitteront plus. Le ciel est clair, les oiseaux chantent. C'est la joie.

C'est éphémère, irréel, mais c'est la joie.

CHAPITRE 11

L'octave ariotesque et autres contraintes

Contre toute attente, disais-je, l'acteur Riccardo n'était pas si mauvais. Il était même plutôt bon. Au début je n'osais trop y croire, je pensais qu'il faisait semblant d'être bon, me jouait un tour. En réalité c'est un peu cela : il jouait celui qui est bien. Il n'avait aucune idée de ce qu'il interprétait, de sa perspective dans le film ni dans le paysage littéraire et historique, il n'essayait pas de créer ou de donner une place à quoi que ce fût mais ça me parlait. Il y allait au hasard et tapait dans le mille. Sans surjouer, sans sous-jouer, tout en justesse. À son grand étonnement d'ailleurs. Il m'offrait enfin ce que je désirais : l'incarnation de l'image d'un Roland décadent, l'invention d'un personnage qui dépasse mes attentes.

J'ignorais combien de temps cet état de grâce allait durer mais j'en profitais, j'enregistrais des longueurs de prises. Les conditions n'étaient pas faciles. Comme je le développerai plus tard, nous alternions plans en studio et prises de vue réelles sur des terrains escarpés du sud de la France où il était malaisé de manœuvrer et de réinstaller le matériel chaque fois, recomposer tout le système d'éclairage. Une journée de travail, surtout à ce stade avancé de la décomposition de Roland, nécessitait trois heures de maquillage et une de démaquillage, soit la moitié du nombre d'heures payées. Il fallait tourner vite. Riccardo aimait beaucoup Véronique la maquilleuse avec qui il passait du temps, tout comme sa stagiaire Hélène, très gentille. Ils ne se trouvaient pas de langue commune mais s'esclaffaient souvent. Riccardo continuait à boire un peu, pas trop, on sentait que le volcan était actif mais endormi. Il prenait des comprimés pour dormir qui agissaient encore sur lui le matin quand il se faisait maquiller et ça lui arrivait alors de se rendormir assis devant le miroir d'ampoules. Mais au moins il était plus calme. Après le troisième café il était enfin d'attaque. Estelle le collait de près et je crois qu'elle était pour beaucoup dans cette transformation. Ensemble ils parlaient énormément, ils défaisaient des pelotes de peine.

Transformation pas vraiment : je crois que le personnage de Roland cabossé lui parlait, que grâce à Estelle il l'avait intégré et que le rôle lui servait de catharsis à son propre état. Il donnait tout pour aller au bout de ses capacités et ainsi apprendre à mieux se connaître, avoir confiance en lui. Et puis il y a aussi qu'on était parvenu à établir le contact avec Julio, son ancien petit ami de Hollywood ; ils avaient pu longuement se parler et se voir sur Skype. Ça avait débloqué quelque chose chez Riccardo. Il s'accrochait à la récompense que je lui avais alors promise de retourner le voir en Amérique une fois le film terminé – nous nous occupions de tout (j'avais peur à ce sujet de m'être engagé un peu vite).

En ce qui concernait sa santé, Thor l'aidait à tenir le coup physiquement grâce à un programme bien pensé d'entretien musculaire et une alimentation équilibrée. Hélène avait des rudiments d'infirmière et lui prenait sa tension régulièrement. La starlette était bien entourée.

Qu'on se rassure : le personnage de Roland non plus n'est pas seul. On pense à lui. Au camp chrétien, sa désertion s'est transformée en disparition. Or une disparition, on le sait, n'a rien de normal, deviendrait même inquiétante, surtout qu'elle commence à durer. Parmi les paladins, nul ne lui en veut, c'est même l'inverse : on craint pour lui – Charlemagne en particulier. Le chef est inquiet pour son neveu préféré, sous sa tente n'arrête pas de lisser sa barbe en fronçant les sourcils devant une carte de l'état-major dépliée sous ses yeux qui en l'occurrence ne lui sert à rien pour résoudre ledit problème mais c'est juste pour la pose, pour lui donner un air interrogateur, soucieux et ténébreux. D'ailleurs on ne sait pas si cet air est lié à Roland ou à la tournure que va prendre la guerre, car dans moins de vingt-quatre heures les chrétiens se prennent une raclée.

Sa protection rapprochée, Roland la doit à un être pas plus haut que trois pommes – ce n'est pas une périphrase – assis sur son épaule gauche. Ce petit bonhomme, si léger que Roland ne le sent pas, si petit que Roland ne le voit pas, est pourtant bien vivant. Il est vêtu d'un costume trois-pièces bleu de minuit adapté à sa taille de poupon, coiffé sur le côté par un minipeigne glissé dans sa poche qui a lissé ses cheveux avant que la pulpe de deux doigts minuscules ne soit venue habilement et avec dextérité les lustrer.

Pomponné ainsi on pourrait croire qu'il se rend à un bal enchanté alors que pas du tout : la scène envisage qu'il traverse la France du nord au sud sur des sacs de céréales. Et au niveau condition de transport il y a mieux, dans la poussière des grands chemins, à l'arrière d'une voiture tressautante tirée par deux chevaux hollandais avançant au pas. Enfin disons plutôt que c'est Roland qui est assis sur des sacs de céréales, et la créature miniature sur l'épaule de Roland.

Cette créature qui se nomme Blancandrin est un être merveilleux chargé de la surveillance du chevalier, à la fois ange gardien, garde du corps et conscience du héros. Il est là depuis le début de l'histoire mais ne se présente habituellement qu'en cas d'extrême urgence, ce qui a été le cas quand Roland a montré des signes de dépérissement certain, allongé au milieu du chemin sans plus pouvoir se nourrir, s'hydrater, se traîner, couvert de boue et d'immondices, déjà mort à l'heure qu'il est si son petit garde du corps n'avait pas dévié le tracé d'un premier livreur pris de compassion, le hissant parmi ses bidons de lait et s'en délestant, de même que d'une partie de son chargement, devant l'accueil de l'abbaye des Sœurs de la Réconciliation où Roland va séjourner trois semaines pour se refaire une santé.

C'est Antoine Seznec qui m'a soufflé l'idée de Blancandrin. Blancandrin, au nom tout droit sorti de *La Chanson de Roland*, dans un tout autre rôle et aspect. Seznec a pensé, à raison, que cela donnerait un tour surnaturel au film qui va bien avec le livre, et que ça permettrait de faire passer plus facilement l'état désastreux de Roland.

C'était avant la pause de mi-tournage, entre le début de l'hiver et le commencement du printemps. À l'époque nous avions tourné quinze jours en automne, une semaine en studio, et il nous restait encore à filmer quinze jours de printemps et revenir en studio. Le tournage en extérieur à partir de là deviendrait essentiellement itinérant, en Provence puis sur la Côte d'Azur pour les prises de vues maritimes, enfin en Corse à défaut d'Afrique du Nord où l'histoire d'origine se conclut. Le nombre de jours de retard était de six. Ça n'allait plus entre Seznec et moi, il venait de me donner son argent en liquide mais on sentait qu'il tenait à se rattraper de tout ce qu'il m'avait fait subir, de tout ce que sa présence avait engendré de négatif sur l'équipe et sur les événements. Il voulait insuffler un nouvel élan au film, un tour moins noir, plus fantaisiste, en accord avec mon état d'esprit. Mais la pause de plusieurs mois au milieu du film avait interrompu ces bonnes intentions et il s'était volatilisé bel et bien.

Avril arrivait, les jours filèrent et les mises en place ne recommencèrent qu'à partir du 20. Toujours aucune nouvelle de Seznec. Pour finir mon film il me manquait encore l'équivalent de deux fois ce qu'il m'avait donné.

Sans lui j'étais perdu. Je devais trouver une solution. Et vite. Car j'empruntais à des taux exorbitants.

Avec la pause de mi-tournage et la disparition de Seznec, les mauvais tours sur le plateau et en coulisses avaient cessé. Plus d'appels anonymes, de sales coups, de menaces, de surveillances. Quand le tournage reprit, le calme semblait revenu. Du moins les premiers jours. Très rapidement les conditions se dégradèrent. Je dirais même qu'elles devinrent pire que jamais. C'est aussi qu'on commençait à entrevoir la fin, tout ce qu'il faudrait mettre encore dans la boîte et le peu de temps et de moyens impartis. C'était stressant.

On me flanqua un représentant des droits français d'Italo Calvino qui n'allait plus me quitter, avant de disparaître non sans de lourdes menaces. Il prenait congé le soir pour revenir le lendemain aux aurores, parvenant chaque fois à retrouver le lieu du nouveau tournage devenu itinérant, comme s'il connaissait mon programme et lisait dans mes intentions. Sorti d'on ne sait où, en lien probablement avec la SACD auprès de laquelle je n'avais pourtant entrepris aucune démarche qui pût justifier sa présence, le type répondait au nom de Planèze sans jamais me le révéler (ce détail trop personnel entre nous n'ayant pas lieu d'être : c'est moi qui finis par le trouver). Grand et maigre, distant, il portait une chemise blanche toujours impeccablement repassée, et quand il vous parlait en se penchant de toute sa hauteur sa pomme d'Adam proéminente tressautait dans son cou d'une manière à ce point suspecte qu'on pouvait supposer chez lui un dérèglement de la thyroïde alors qu'apparemment non, son crâne chauve et luisant ne transpirait jamais, ce qui ne veut rien dire, par contre son regard aigu vous échardait l'âme (ceci n'expliquant pas non plus cela, et inversement, je l'admets encore).

Tout de suite cet homme lisse et froid voulut mettre son nez partout, voir les rushes et ce qui servait de scénario (dont l'inconsistance le fit ricaner), s'assurer qu'aucune entrave à l'œuvre et à l'esprit de son auteur Calvino n'était commise, aucun manque de respect ou plagiat. Devant mon adaptation plutôt libre de la réécriture de Calvino et la transfiguration cinématographique que j'en faisais, le plagiat fut vite écarté. Surtout que dans mon histoire le romancier et son livre s'intégraient à la fiction et que Calvino lui-même racontait l'histoire d'un livre passé dans le domaine public. Mais l'homme, qui ressemblait à un majordome, le majordome de la bien-pensance, crut bon de me donner des cours de littérature et de cinéma pour me déstabiliser et m'entamer le moral. Sans vouloir paraître paranoïaque, j'avais l'impression qu'il en avait après moi, je veux dire personnellement. Au-delà de représenter Calvino, il cherchait par tous les moyens à me faire du tort. À croire que son statut était un leurre, que ce gars était en réalité un envoyé des services spéciaux fabriqué de toutes pièces, dont l'objectif visait à empêcher mon film de se faire.

Soi-disant stagiaire aux *Cahiers du Cinéma* pendant deux ans quand il était étudiant, italianiste à ses heures et spécialiste de *Roland furieux* (comme par hasard) dont il pouvait débiter par cœur les près de quarante mille vers en deux langues différentes (je demande à voir), il prit un plaisir sadique à démolir le peu que j'avais eu tant de mal à construire. D'après lui je n'avais rien compris au livre, à son enjeu politique et historique. Avez-vous seulement idée de ce qu'est l'octave ariotesque. De sa spécificité. Au rôle primordial de ce choix poétique. À sa portée. L'octave ariotesque ou, pour lui : la forme la plus parfaite du huitain italien, de la stance par excellence ; l'harmonie absolue de la poésie et du monde. Et les rimes : croisées, suivies, embrassées, enchâssées, libres. Du grand art. Mon film accordait-il sa mesure aux rimes ?

Rien de l'esprit du livre ne transparaissait à l'image, selon lui. J'avais pris trop de liberté, trop inventé, et en même temps trop coupé. Il ne restait plus grand-chose de l'épaisseur de l'intrigue, de son aspect labyrinthique. La plupart des personnages principaux traditionnels étaient inexistants ou survolés, il y avait même des héros secondaires (mais pas moins essentiels) absents. Par contre ceux sur lesquels je m'attardais n'apportaient rien à l'histoire. Les caractères et situations que j'avais créés, ma version personnelle d'un « Roland malheureux » restaient anecdotiques. Je n'étais qu'un cinéaste amateur aux goûts trop grand public pour s'attaquer à une œuvre si riche, si complexe. Mon film, continuait-il, ne présentait qu'une suite de plans de surface bordéliques et sans profondeur, rien de moins qu'une juxtaposition d'images stériles, puériles, floues, à la lumière blafarde et sans qualité, qu'un habile montage ne pourrait pas même sauver. Les acteurs jouent comme des pantins. Les plans restent trop courts ou trop longs.

Il n'y a pas d'équilibre. Pas de juste rythme possible. Les trucages : affligeants de débrouillardise sommaire et sans moyens. Nous sommes face à un véritable flop, conclut-il. Oui, un flop, un navet, un nanar.

Voilà. Le mot était tombé. Mon film est un nanar.

Les suspicions qui s'étaient formées jusque-là dans l'esprit de certaines personnes de l'équipe, et peut-être de vous lecteurs, se confirmaient. Je tournais un nanar. C'était pire qu'une série B. Mais tout compte fait je n'avais rien contre les nanars. Il y a des nanars qui sont des chefs-d'œuvre. Et j'entrepris de ne pas m'avouer vaincu face à un tel coup qui aurait pu m'être fatal. Chevalier dans la bataille, je fis front et rebondis. Ce jugement d'ailleurs n'engageait que lui. Il y avait fort à parier que mon film fût autre chose : une forme nouvelle à inventer.

Ce dénommé Planèze n'avait assurément rien d'aimable et possédait le pouvoir qu'ont certaines personnes de vous refroidir sur-le-champ sans rien faire, juste par leur présence. Il connaissait des gens haut placés dans le cinéma qui feraient stopper le film. Sinon ce serait la mort de la culture européenne, poursuivait-il.

Moi je pense que le problème n'était pas qualitatif : mon film gênait. Qui ? Pourquoi ? Je l'ignore. Il ne devait surtout pas voir le jour, c'est tout ce que je peux comprendre, encore aujourd'hui. Dans le genre fouteur de merde, j'avais affaire à la réincarnation de Seznec et même pire : à un deuxième Seznec puisque le producteur reprit contact avec moi assez rapidement pour m'informer que sa maison d'édition et de production avait été saisie, qu'il ne fallait plus rien en espérer économiquement et qu'il allait faire de la prison. Mais avec sursis, je te rassure. On pourra toujours continuer à travailler ensemble. J'ai mis ma part dans le film, j'ai un droit de regard dessus.

Vous le concéderez : mes conditions de travail avaient pris un tour désastreux. Et pourtant rien qui entamât mon courage : je repris le tournage pour le decrescendo, ou plutôt le crescendo du decrescendo final si attendu, avant l'ultime pirouette de fin. Mon film devait se faire, quelles que fussent les circonstances. Aucun obstacle ne viendrait à bout de ma détermination. J'étais comme un rouleau compresseur qui écrase tout ce qui se dresse sur son passage. À quelques jours de la fin, ma motivation décuplait. C'est cela aussi le cinéma : une force de caractère. Nous sommes là pour donner du rêve aux gens, et à n'importe quel prix. Le plaisir doit dominer. Plus que tout, je souhaitais garder bonne figure devant mes comédiens dont les attentes reposaient sur moi. En m'écroulant, j'aurais emmené tout le monde dans ma chute.

Pour en revenir à Roland : sorti trois semaines plus tard du monastère un peu regonflé mais pas encore totalement au top, Roland, qu'on découvre en plein dans ce qui s'apparente à une crise maniaque, dit ne pas vouloir perdre une minute de plus, cherchant par tous les moyens à se rendre dans le sud de l'Europe pour empêcher sa fiancée de s'embarquer pour la Chine.

Il n'arrête pas de parler, se lève de son lit, déplie des parchemins de cartes dessinées à la main. Et je le rappelle, à ce petit jeu d'agité Riccardo était devenu très bon.

Empressement que les sœurs échouent à tempérer en lui conseillant de rester couché ou d'aller plutôt se faire soigner dans un centre médical pour patients atteints de dépression en phase deux : des onguents lui seront dispensés. Vous êtes malade, mon enfant.

Conseils que Roland ne saurait entendre : épaulé par Blancandrin qui a profité du séjour religieux pour se faire confectionner un costume neuf auprès de la sœur tailleuse, bien qu'identique à l'ancien, et rapiécer sa chemise en lin, Roland, lui-même vêtu d'habits nouveaux, bliaut de soie sur gilet en peau de mouton, est pris en stop devant la sortie du monastère par un livreur de céréales effectuant le transit Roissy/Plaine de France-Forcalquier/Provence. Un tel trajet les avancera déjà beaucoup. Mais à cette allure-là on ne devrait pas arriver à Forcalquier avant au moins trois semaines. N'empêche, on est assis et on avance sans effort, c'est déjà ça.

Trois semaines, c'est moins qu'il n'en faut à Astolphe, après son séjour sur l'île lointaine où il a été transformé en myrte, pour effectuer un incroyable voyage qui va sauver Roland. Chevauchant l'hippogriffe repris à Roger, il part chercher la raison de Roland conservée dans une fiole sur la Lune pour la lui remettre afin qu'il retrouve ses esprits et sauve la France. Je n'ai pas eu le temps de tourner cette séquence.

Dorénavant les pérégrinations de Roland à l'écran nous contraignent de déplacer les installations de tournage parfois plusieurs fois par jour, de tout monter et démonter sur notre chemin, d'être en quelque sorte en grand reportage. Mais c'est plutôt excitant.

Roland est finalement parvenu en Provence. Juste le temps de mendier un après-midi à Manosque devant l'église de la ville fortifiée et le voilà chassé du centre historique à coups d'injures, de la périphérie à coups de bâton, et enfin de la ville par arrêté préfectoral. La gestuelle doit un peu rappeler Guignol poursuivi par la police. Il revient à Forcalquier, d'où il est rejeté encore. En cause : son allure qui, malgré son séjour un peu rénovateur au monastère, l'assimile toujours à une créature surnaturelle qui ne s'est jamais rasé la barbe et dont les cheveux sont sales. Il faut dire que dans ma version son passage dans la région correspond à une période où beaucoup de bruits couraient autour d'une mystérieuse disparition d'enfants qu'on disait avoir été enlevés par l'Ankou des collines, venu en ville se rassasier de jeunes chairs. On a vite fait d'associer Roland à cette mythologie. Se réfugiant d'ailleurs dans les collines, ce qui renforce la rumeur générale, il parvient tant bien que mal jusqu'aux Pyrénées, qu'il finit par traverser grâce au secours de Blancandrin.

Discrètement mais sûrement, celui-ci se charge de faciliter le transport à dos d'âne, de roussin, d'haridelle, de n'importe quel animal susceptible d'entrer dans le champ sémantique de l'équidé, et plus généralement de n'importe quoi avec des pattes, des pieds ou des roues. C'est ainsi que Roland se retrouve sur le dos d'un berger, dans les bras d'un sourcier et sur les épaules d'un postier ou tiré par un artiste peintre dans un chariot à chevalet. J'essaie de rendre mes images les plus parlantes possibles à l'intervention de chacun de ces porteurs, que leur nature soit immédiatement repérable grâce à une morphologie, une gueule bien trempée, un costume de fonction d'époque. Blancandrin se charge aussi de lui éviter toute rencontre inopportune avec l'ennemi qui patrouille activement, surtout en Espagne. Pour le faire exister, le personnage de Blancandrin nous donnait techniquement du fil à retordre, c'est le cas de le dire, car l'acteur, un dénommé Charlie Bloom, artiste de music-hall repéré par Marc au Moulin Rouge, interprétait son jeu couvert d'électrodes afin que nous puissions réutiliser au montage son image plus petite en effet de synthèse sur l'épaule de Roland.

Roland (j'insiste là-dessus auprès de Riccardo) qui n'est plus à ce moment-là qu'une ombre informe, un corps mou se laissant porter sans plus parler ni réagir, seulement respirer d'un souffle faible, anéanti par la tristesse, déserté par la raison. Tant de handicaps ne l'empêchant toutefois pas, donc, de dépasser Tarragone à l'est de l'Espagne puis Malaga, et après un voyage épuisant d'arriver enfin au détroit de Gibraltar, à Zizévas. Enfin ça c'est sur le papier, car dans la réalité toute l'équipe du film se retrouve sur une plage de camping de la Côte d'Azur. Nous sommes d'ailleurs hébergés au camping. Et sur cette même plage du sud de la France j'immortalise la scène suivante : après avoir creusé un trou dans le sable pour protéger son corps du soleil et y dormir un peu, Roland voit venir, je vous le donne en mille : Angélique. Il est si faible qu'il ne la reconnaît pas, il sent juste une odeur qui ne lui est pas inconnue. À peine ses yeux perçoivent-ils une forme vague qui s'approche. Et en retour Angélique ne se doute pas que ce vagabond est Roland. Elle va d'ailleurs tout faire pour éviter ce grand corps suspect étendu dans un trou quand, se hissant de son refuge, Roland commence à ébaucher quelques pas vers elle.

Blancandrin est à la manœuvre, il travaille dur sur l'épaule de Roland. Il tente de faire revenir à lui son maître, n'en finissant plus de lui souffler à l'oreille qu'il s'agit d'Angélique, la voilà, c'est elle, fonce, sors de ton trou, montre quelque chose de toi qu'elle reconnaîtra, un tatouage, une cicatrice, ta peau dure comme l'acier, la vulnérabilité de la plante de tes pieds, tes qualités athlétiques au combat. Tu peux encore tout changer et réaliser tes rêves.

Alors Roland, sans trop comprendre ce qui lui arrive, poussé par un instinct qui lui dit de se précipiter, se précipite, tente de se précipiter, trébuche, c'est assez pour que le cavalier escortant Angélique tire son épée de son fourreau et commence à chasser Roland comme un chien galeux, en faisant tourner son arme bien haut pour l'effrayer. C'est Médor. Roland, qui face au danger a retrouvé un peu d'automatismes se défend, esquive, fait tomber Médor. Ou plutôt : en étant esquivé, Médor dans son élan perd l'équilibre et ensemble ils roulent dans le sable. À la vue de quoi Angélique, à l'émotion palpable, émet une série de petits cris de terreur.

C'est une scène d'une tristesse infinie, pitoyable, et j'ai privatisé toute la plage pour la réaliser. Médor, en pleine possession de ses moyens, a le dessus sur le corps de Roland toujours encore faible. Il l'assomme avec le manche en titane de son épée et l'envoie balader dans la mer à trente brasses de là. Il rengaine sa lame, tape sur ses cuisses pour enlever les cristaux de sable qui s'y accrochent, fait de même pour son ventre, ses épaules, son dos où l'entreprise, en se révélant plus contorsionniste, ridiculiserait jusqu'au plus noble des combattants, et se remet en selle. Médor et Angélique s'éloignent. Long plan fixe sur Médor et Angélique qui s'éloignent.

Voilà c'est tout. Fin de la rencontre entre Roland et Angélique. Le silence revient, il n'y a pas de vagues, pas de mouettes, pas de vie dans l'air, personne aux alentours. Le contact avec la princesse est manqué. En s'éloignant, il y a bien un moment où Angélique s'arrête, enfin on imagine qu'elle s'arrête, nous ce qu'on voit plein cadre c'est le visage d'Angélique de profil avec ses yeux qui regardent devant elle comme si elle hésitait, comme si elle réfléchissait, comme si elle était prise d'un doute, comme si elle allait revenir en arrière pour vérifier l'identité du malotru qu'elle aurait reconnu. Et en fait non. Ou peut-être que si. Elle l'a reconnu mais ne fait rien, continue de s'éloigner sans se retourner alors qu'elle l'aime encore. On ne sait pas. La distance se creuse. Cette scène est tragique. Je veux qu'elle ait lieu sans bruit, sans musique, avec le moins d'effets possible, de la façon la plus dépouillée : plans longs, rythme lent, pas de passages rapides d'une image à une autre. Angélique qui disparaît progressivement d'un côté, Roland qui flotte dans l'eau de l'autre. Plus précisément : long plan large sur Angélique qui devient de plus en plus petite à l'horizon, suivi d'un plan serré plus court sur Roland flottant en étoile sur le dos. Fin de la séquence. Fin aussi de Riccardo, nous en reparlerons.

Le soir même Angélique embarque pour la Chine avec Médor. Elle et Roland ne se reverront plus jamais.

CHAPITRE 12

Coups de théâtre et victoire finale

Nous arrivions à Amboise après le golfe du Lion et la plage du camping, avec en boîte l'épisode de Roland, Angélique et Médor sur la plage, et projetions de nous rendre en Corse pour le dénouement trois jours plus tard. Ce genre de casse-tête dans l'organisation nous est imposé par l'emploi du temps des acteurs eux-mêmes : Marabella avait dû retourner précipitamment aux États-Unis début décembre pour assurer une campagne de publicité pour un groupe de cosmétiques, et elle profitait de son déplacement pour régler des affaires sur place en résidant plus longtemps. On se débrouille comme on peut avec ces imprévus-là, on fait de son mieux pour s'arranger. En comptant la réinstallation du matériel, il nous restait très peu de temps à son retour pour tourner les scènes de combat entre elle (Bradamante) et Marphise, au nom de son amour pour Roger ; tout aussi peu de temps pour la fin en Corse. Notre tournage devait s'achever le 3 mai ; Marabella, pour jouer Bradamante, n'était libre qu'à partir du 28 avril au soir.

Si je vous confie ces précisions d'ordre logistique, c'est que cette avant-dernière étape du film qui s'ouvre avec l'arrivée de Bradamante au camp sarrasin mènerait toute l'équipe, et moi particulièrement, en enfer. Les obstacles que j'avais rencontrés jusque-là étaient peu de choses en comparaison de ce qui allait suivre. Il y avait eu Seznec, Planèze, des difficultés financières, des acteurs mauvais, des intempéries et de nombreux contretemps, un incendie, une descente de police musclée, la saisie d'une partie de mes cartes mémoire, la perte de l'une d'elles, la survenue d'événements étranges et répétitifs, une sorte de malchance qui planait sur le projet depuis le début en commençant par l'absence de producteur fiable et de distributeur, leur frilosité à s'engager, enfin une manière de faire relativement originale de ma part, pour ne pas dire brouillonne, je l'admets, j'en assume l'entière responsabilité ; j'avais manqué de sens pratique. Mais le pire restait à venir. Malgré mes efforts à toujours aller de l'avant, la question se poserait cette fois-ci sérieusement de l'existence de mon film : allait-il pouvoir être fini ? Et si oui, au prix de quelles concessions ? Le tournage devenait dangereusement compromis.

Le début de la fin fut sonné par Riccardo (encore lui), au terme du dernier plan sur la plage du camping. Lui qui avait été si exemplaire pendant toute la durée du tournage itinérant – son rôle, certes, ne consistant parfois qu'à être présent à l'image sans rien dire et en se laissant porter –, voilà qu'il refaisait des siennes. Plusieurs secondes encore après que j'eus coupé la caméra, il continua de faire la planche dans la mer. Nous campions dans ce que nous tentions de donner l'illusion d'être l'extrême sud de l'Espagne (en fait les alentours de Sète), et à part l'omniprésence de Planèze qu'on pouvait assimiler à du harcèlement moral, la reprise de la deuxième partie du tournage se passait à peu près bien du point de vue du jeu : j'étais satisfait des scènes enregistrées. Et le temps avait été clément.

Une trentaine de secondes s'écoulèrent, bientôt une minute, sans que Riccardo ne se relevât, toujours étendu sur le dos, flottant entre deux eaux, les bras et les jambes en croix. Parfois une vaguelette venait lui tapoter la joue et un peu d'eau salée pénétrait par sa bouche sans le faire tousser. N'importe qui aurait toussé. Il était déjà inconscient mais personne dans l'équipe ne l'avait remarqué. Au bout d'une minute trente, alors qu'il commençait à couler, nous sûmes que quelque chose de grave se passait. On se précipita pour le sortir des flots et l'étendre sur la plage. Des premiers soins lui furent administrés et Estelle parlait déjà au téléphone pour organiser une évacuation express. Ses agentes devenaient folles d'angoisse. Il ne reprit connaissance que le soir au CHU de Montpellier où nous apprîmes d'un interne très bronzé qu'il avait été victime d'un violent burn out. Il est encore très faible, précisa le futur jeune médecin qui n'arrêtait pas de jouer avec son stylo, et dont l'échancrure de la chemise non boutonnée au cou laissait entr'apercevoir qu'il n'y avait pas que son visage qui avait pris le soleil. Il ne pourra pas être sur pied avant plusieurs semaines, poursuivit-il. Un transfert dans une clinique psychiatrique est à envisager.

Plusieurs semaines, cela signifiait qu'il ne fallait plus compter sur lui pour le bouclage du film, or il nous restait à saisir la scène finale où sa présence était capitale, avec des gros plans prévus de son visage, l'intention de faire voir à tous que le Roland du début est de retour, qu'il a retrouvé sa raison, qu'enfin tout rentre dans l'ordre. Au fond, tout l'intérêt du film.

J'étais très inquiet, cette fois-ci la situation nous échappait pour de bon. Je m'en voulais de ne pas avoir mis en boîte le dénouement quand il en était encore temps, quitte à me passer de Riccardo pour toute la partie du Roland errant que quelqu'un d'autre aurait pu jouer sans faute de raccord puisque l'identité de l'acteur se dissimulait sous l'apparence d'un vagabond grimé.

La traversée du sud de la France avait épuisé Riccardo, déjà faible, mais comme il incarnait un personnage zombie ses signes alarmants de dépression avaient été assimilés au rôle qu'il endossait. Même Estelle n'avait rien vu venir. Il avait lutté, lutté, jusqu'au moment de faire la planche où il avait sombré, incapable de se relever. Désormais, comment filmer Roland sans Roland. Improviser un autre Roland ? Avec n'importe qui d'autre le spectateur se rendrait compte de la supercherie et l'effet n'aurait pas de sens, décrédibiliserait toute ma fiction (déjà pas toujours très crédible). À moins de trouver un sosie. Mais les chances de le dénicher en si peu de temps étaient minces. En me renseignant, je sus que Riccardo n'avait ni frère ni jumeau et qu'il n'existait aucun logiciel en mesure de trouver un sosie en si peu de temps. Nous levions le camp très tôt le lendemain matin pour la région de la Loire et je ne dormis pas de la nuit, incapable d'interrompre le flux de questions qui m'assaillaient et m'empêcheraient de fermer l'œil encore la nuit suivante.

Quand nous débarquâmes à Amboise vers midi, la compagnie chargée de faire appliquer l'assurance du bon achèvement du film en cas de force majeure comme c'était le cas à présent, avait déjà commencé à resserrer son étau sur nous. Le prix de la cotisation étant modique, les services restaient médiocres et j'avais sans le savoir choisi une agence qui œuvrait un peu aussi comme producteur sur les bords, mais producteur avec les mauvais côtés du producteur (sentencieux, réprobateur, omniprésent, omnipotent).

Prévenue la veille au soir par répondeur, au lieu de nous aider à résoudre le problème du remplacement de Riccardo la compagnie n'avait rien trouvé de mieux que de fouiller dans mon dossier et de se rendre compte que j'avais dépassé le budget prévisionnel et omis tout plan de tournage ou feuille de service pour l'équipe. Quant au respect des heures supplémentaires après dix-sept heures trente, elle n'en parlait même pas. En pareille situation, si la compagnie vient bien en aide dans la pratique, elle dépêche un délégué chargé de prendre les commandes du tournage jusqu'à la fin en revoyant tout à la baisse, voire en supprimant ce qu'il jugerait trop coûteux : scènes, décors, rôles, déplacements, accessoires, costumes, son mono au lieu de stéréo, traitement de l'image en basse définition, matériel audiovisuel reconfiguré ; presque tout passe au crible de ce nouvel intervenant peu scrupuleux de la qualité. Mon film serait fini, certes, mais bâclé. Et il ne m'appartiendrait plus : éventualité impossible à accepter. Je préférais encore qu'il n'existât jamais ; qu'il fût, comme on dit, un film fantôme, un film resté à jamais dans les limbes, un film tourné mais pas projeté, que personne ne verra.

Comment alors me libérer d'eux ? Nous n'aurions jamais dû les prévenir. J'aurais continué à me débrouiller seul et libre. Surtout que la solution pour le nouveau Riccardo allait bientôt se présenter à nous d'elle-même.

Le délégué en question, envoyé le matin même de Paris par la compagnie, m'attendait sur le tournage d'Amboise à ma descente de camion et, sans même que j'eusse eu le temps de me retourner ou de souffler, commença de me mettre la pression en me serrant la main très fort, mais sans la marque d'affection qu'on peut associer parfois à ce genre de comportement. Il fut immédiatement question d'ouvrir la remorque du camion, d'inventorier le matériel et de rassembler toute l'équipe d'ici treize heures, techniciens, personnel et acteurs compris, pour un passage en revue des rôles et motivations de chacun avec tableau des données ainsi qu'une mise à plat du projet du jour (rien au sujet d'un nouveau Riccardo). Il nous reste cinq heures avant la fin réglementaire de la journée. Rompez.

La personne qui nous parlait ainsi et gesticulait dans tous les sens comme une tornade tropicale n'avait pourtant rien d'exotique et consistait en une petite femme replète d'une soixantaine d'années, boudinée dans un pantalon de treillis assorti à une veste polaire kaki, coiffée d'une brosse courte teinte en rose qui pourrait rappeler, si elle venait à pousser, le look de la chanteuse Desireless dans les années quatre-vingt, sur d'énormes lunettes à monture transparente dont les branches se reliaient entre elles par une chaînette blanc ivoire. Elle déplaçait son petit monde dans des Dr. Martens trop grandes pour elle à en croire les larges boursouflures de la pliure au niveau du début des orteils, sans bouger la tête ni les épaules comme si elle glissait ou évoluait sur une planche à roulettes invisible (une sorte de plan-séquence à elle seule). Son nez m'arrivait au niveau de la poitrine. Elle s'exprimait par de brèves phrases injonctives en voix de tête au timbre nasillard, aime l'ordre et qu'on lui obéisse, a-t-elle scandé trois fois avant la réunion de treize heures. Sauf que je ne le voyais pas du tout de cet œil-là, fatigué par toute la tension emmagasinée au cours des six mois précédents, que le stress des dernières vingt-quatre heures venait exacerber.

Bien que farouchement révulsé par l'organisation en train de se mettre en place, je manifestais, si près du but, des signes de passif découragement, voire de faiblesse. Pour commencer, je n'offris aucune opposition à ce qui allait devenir une nouvelle manière de procéder, laissant mademoiselle Tornade (puisqu'elle nous reprenait quand nous l'appelions madame) prendre toute la place sur le terrain, l'observant, cherchant par où intervenir à mon tour si j'intervenais jamais. Ancienne brigadier-chef dans un détachement de CRS à Joinville, elle m'apparaissait en imagination comme elle avait dû probablement se présenter à l'époque derrière des barricades : tenue d'assaillante renforcée avec bouclier transparent, casque, épaulettes, matraque. Ce costume devant particulièrement bien lui aller, pensais-je. Elle avait conservé de ce temps un sifflet autour du cou, d'abord glissé sous la veste et dont elle se servit pour réunir les troupes ; peut-être aussi un bouclier pliable et une matraque télescopique quelque part chez elle ou ici, qu'elle nous sortirait en cas d'émeute ou de mutinerie, allez savoir. Il fallait s'attendre à tout.

Alors que Planèze venait de nous quitter deux jours auparavant pour mieux refaire parler de lui à l'avenir c'était certain, voilà qu'on le remplaçait. Et la situation inédite, quoique légèrement comique, devenait tellement atroce que j'en venais à le regretter. Quant à Seznec, ça commençait à être de l'histoire ancienne : malgré sa promesse de revenir me voir pendant le printemps, il n'avait plus donné signe de vie depuis l'automne. Il aurait fait appel à sa condamnation et se serait finalement fait emprisonner pour extorsion de fonds et vol de bijoux. Mais je m'échapperai, avait-il déclaré à la presse lors du jugement. Il me demandait dans une lettre récente de témoigner de son honnêteté en considération de l'argent qu'il m'avait légué. Il me demandait aussi à être en premier dans le générique, le film étant devenu son bébé après tout ce qu'il avait misé. Là j'ai tiqué devant son côté manipulateur qui ressortait.

Peut-être alors que j'aurais dû faire mon film sur lui, avec lui, un tout autre film, une histoire complètement différente, me disais-je en observant de loin et d'un œil désabusé la petite femme tout en nerfs prendre place au centre d'un cercle formé par la quinzaine de personnes présentes ce jour-là sur le plateau. Ils l'écouteraient au garde-à-vous leur saper le moral sans broncher, une demi-heure durant. Et que désormais c'était elle qui commandait. Et que je n'avais plus la main sur rien. Et qu'il allait falloir faire des sacrifices. Et que c'était la guerre. La guerre du temps et de l'argent. Le désastre, quoi. La honte. Tout cela à cause de moi.

Moi, à l'écart, tassé sur ma chaise pliante de réalisateur qui ne porte même pas mon nom, à peine mon poids, sur laquelle n'importe qui vient s'asseoir ou pose ses affaires et qui sert aussi de rehausseur pour saisir des objets en hauteur. Moi en train de siroter le fond d'un Coca sans bulles. Moi qui m'avouais dans une lucidité déconcertante et presque avec dignité m'y être pris comme un manche depuis le début. Avoir tout raté, sur toute la ligne, en beauté : mon film, mes personnages, ma vie. Célibataire, sans véritable ami, j'avais entrepris ce film pour être entouré et vivre l'amour par procuration.

L'avantage de l'intervention drastique de la compagnie sur le film (je n'osais même plus l'appeler mon film) concernait la trésorerie : elle prenait à sa charge toutes les dépenses qui revenaient ordinairement au réalisateur, aussi n'avais-je plus à emprunter. Même si tout était revu à la baisse, je finis par me persuader qu'avec un peu de talent, de système D, de souplesse et de patience (de patience dans l'urgence), on pourrait sauver au moins l'honneur de ces dernières séquences à venir.

En guise de plateau nous nous contentâmes d'un terrain vague sombre et caillouteux qui servait de décharge publique derrière les décors de la ville, sans verdure, parsemé de flaques de pluie grisâtres et de gravats, fermé par de hauts murs tagués à la bombe qu'il serait difficile de ne pas avoir dans le champ. Aucune autorisation à filmer ailleurs jusqu'au lendemain. On tourna. Une seule prise par séquence, même mauvaise. Le matériel : objectifs grand angle bon marché fournis par la compagnie. Ils libéraient l'espace sur les côtés tout en diminuant encore davantage la lumière. Résultat : qualité plus que médiocre de l'image. Je comptais alors sur Marabella, excellente comédienne, pour captiver le spectateur rien que par sa présence.

Il y eut le duel de Bradamante contre Marphise. Puis Bradamante apprend que Marphise et Roger sont frères et sœurs, jumeaux de surcroît. Donc aucune crainte à avoir du côté sentimental, Bradamante et Roger vont pouvoir s'aimer sans entraves, avant encore quelques derniers obstacles. À la suite de retournements et subterfuges tout shakespeariens, les chrétiens, que les Sarrasins avaient de nouveau mis à mal malgré le renfort irlandais, finissent par l'emporter définitivement. Si je passe vite c'est pour arriver directement à la fin du tournage, plus intéressant à mes yeux.

C'est maintenant en effet que commence la dernière séquence du film, la fameuse où Roland est censé retrouver la raison après avoir été laissé flottant sur le dos, inconscient dans la mer du sud de l'Espagne, s'en allant dériver dans la Méditerranée avant de s'échouer en plein port tunisien. Celle aussi où le problème du remplacement de celui qui campe Roland doit être réglé impérativement – la compagnie n'ayant toujours pas levé le petit doigt à ce sujet, ni même évoqué le problème ; je crois qu'ils étaient prêts, foutus pour foutus, à faire l'impasse sur Roland.

J'ai toujours refusé de filmer cet ultime élément narratif dans un studio, comptant sur la présence d'un vrai soleil dans un authentique port blanc baigné de lumière, qui ferait penser à un rivage de l'Afrique du Nord comme dans le livre, et pour finir en beauté. Que le spectateur s'en aille sur un éclairage décisif. À défaut de Tunisie, la Corse moins coûteuse et plus pratique me convenait ; trois jours de tournage y étaient prévus juste après Amboise, dont un (le 1er mai) consacré à la mise en place. Mais ce programme, c'était avant la mainmise de la compagnie. À cause d'elle nous dûmes nous contenter d'un déplacement encore moins onéreux à trois kilomètres du terrain vague d'Amboise pour installer le campement de fin au bord de la Loire au lieu de la Méditerranée. Et tout devait être terminé pour le 2 mai. Nous n'aurions en définitive qu'une journée pour les dernières prises, ce qui signifiait : pas de répétitions, urgence absolue et pas le droit à l'erreur.

J'aime beaucoup la Loire mais elle ne ressemble pas à la Méditerranée. Phil nous fut d'un grand secours en intensifiant la lumière des spots et en nous fabriquant des réflecteurs dans de grands rectangles de carton recouverts de feuille d'aluminium. Indirectement dirigés sur le visage des acteurs, ils donneraient l'illusion d'un fort éblouissement, d'une luminosité comme on en trouve dans le sud de l'Europe. Pour la Loire, en retouchant les couleurs en post-prod et en jouant avec les projecteurs à la prise de vue, nous devrions obtenir des reflets moirés et un scintillement en surface qui rappelleraient vaguement la Grande Bleue.

Concernant Roland, la solution du remplacement de l'acteur viendrait sans qu'on ait à chercher trop : après avoir consulté Martin Glove (alias Médor) en hiver pour lui demander d'incarner le Roland décadent, j'avais continué à être en relation avec lui jusqu'au printemps. Il venait de se manifester ayant appris l'hospitalisation de Riccardo et cette fois-ci acceptait de le remplacer au pied levé. J'ai toujours eu un faible pour lui, vous le savez. J'accueillis donc la nouvelle avec plaisir et soulagement. Le problème : Martin était blond aux yeux bleus. Son visage présentait des imperfections quand Riccardo, brun aux yeux marron, offrait un visage parfaitement symétrique et photogénique. Ils ne se ressemblaient pas du tout. Selon Véronique le maquillage pouvait tout arranger mais Martin venait de signer un contrat avec une marque de shampooing qui lui interdisait de se teindre les cheveux pendant deux mois et de changer la couleur de ses yeux. De toute façon, quitte à le garder blond, autant ne pas lui faire porter de lentilles de couleur pour conserver toute sa beauté originelle. Ni trop de maquillage. Je préférais reprendre le rôle de Roland avec un acteur naturel mais différent plutôt qu'artificiellement retouché et sans plus de vérité. Je l'ai déjà dit : ce que le spectateur voit c'est la sincérité, pas l'apparence (du moins je l'espère).

Martin endosserait donc le rôle de Roland pour la partie finale et tant pis si ce n'était pas raccord, de toute façon nous n'avions plus le temps de faire un autre choix. C'était ça ou pas de Roland, pas de fin.

Visuellement parlant j'avais conscience que quelque chose n'en finissait plus de clocher mais je continuai à y croire.

Retour à la séquence finale : le corps de Roland est étendu sur un étal servant habituellement à présenter le poisson ramené du large, et sa mauvaise odeur se joint à la mauvaise odeur, donc ça passe à peu près. La rumeur d'un naufragé miraculé ayant été retrouvé en train de dériver là où n'importe qui se serait noyé a commencé à se répandre. Des pêcheurs l'auraient récupéré. Certains parlent du retour du Christ car on dit qu'il aurait été vu en train de flotter au-dessus de l'eau sur un matelas de vapeur tircégénique (merci Blancandrin). On commence donc à porter sur Roland errant un peu de l'attention qu'il mérite et à admettre enfin la part divine de sa nature. Tout le monde désormais l'a reconnu ; quand bien même des doutes subsisteraient, ses dimensions hors normes et sa peau impénétrable comme le cuir confirment la tendance. Astolphe, de retour de la Lune, va pouvoir intervenir en versant dans la bouche de Roland le contenu de la fiole renfermant sa raison. Pendant la pause de mi-saison l'acteur au rôle d'Astolphe a pris des kilos en prévision d'un rôle de moine anglais cistercien qu'il va jouer durant l'été. J'ai d'abord du mal à le reconnaître, j'aurais aimé qu'il me prévienne avant, j'espère que les spectateurs me pardonneront ce problème de raccord. Mais nous ne sommes plus à une invraisemblance près. J'ai rencontré un cinéaste qui me disait ne pas s'en faire avec ce genre de soucis, pour lui les imperfections donnent du charme à l'œuvre, quelque chose d'authentique qui rend le film vivant. Mon film allait alors être très vivant.

Astolphe d'abord n'en revient pas de reconnaître Roland allongé sur l'étal à poisson, vivant certes mais sale, le corps osseux, la peau en lambeaux, à la limite de la putréfaction. Il se palpe pour voir s'il rêve, puis palpe Roland pour vérifier qu'il est bien réel, et après s'être un peu remis de sa surprise lui verse le contenu de la fiole dans la bouche. Aucun dialogue entre les personnages, évidemment (secondes trop intenses), ni monologue. Tout est dans les gestes, la précision des gestes, la qualité de l'expression. Je filme caméra à l'épaule sans me soucier d'être stable, pour plus de réalisme. Voilà alors Roland qui revient à lui.

Pour ne pas que le spectateur confonde Roland avec le personnage de Médor, nous avons adjoint à Médor la barbe postiche de Roland et coupé ses cheveux bouclés. Un léger mascara rend son regard plus sombre pour rappeler celui du héros éponyme.

Cadrage resserré sur Roland : il tousse, ouvre les yeux, relève la tête, respire plus fort ; tout de suite il retrouve des couleurs. Au fond de ses yeux (bleus, donc) on peut lire une étincelle de vie. Ses premiers mots vont aux premières personnes qu'il voit, dans l'ordre : Olivier, Fleur-de-Lys, Brandimart, Sanson. Ce sont des connaissances intimes de Roland, pour la plupart chevaliers français venant de débarquer, libres, d'un bateau où ils étaient retenus prisonniers par Rodomont.

Mes amis, murmure-t-il comme s'il allait commencer un discours. Et il retombe dans les pommes. Se réveille. Mes amis, reprend-il. Et il re-retombe dans les pommes. Se re-réveille. Cette fois-ci il va aller au bout de ce qu'il souhaite articuler, nous sommes pendus à ses lèvres.

Roland est sur le point de délivrer un message important, la clé sûrement du secret de l'univers.

J'ai faim, lâche-t-il.

À l'annonce de quoi tout le monde est un peu déçu mais se réjouit car l'affirmation signale que Roland, comte d'Angers et chevalier suprême, a retrouvé sa raison. En effet, à travers cette assertion lacunaire banale mais non moins explicite, le convalescent prouve sa vitalité et son ressort face à la fatalité, mais également la spécificité de son caractère : la tradition dépeint un Roland cultivé, or la phrase a été prononcée en latin, tout de même (*Esurio*).

Bon, il ne sait pas trop où il est ni ce qui s'est passé mais il se laisse prendre en main par son entourage qui lui loue une chambre à l'Hôtel du Port juste derrière. On voit chacun à tour de rôle le soutenir sur quelques mètres pour marcher jusqu'à l'établissement. Il y est lavé, rasé, coiffé, nourri, reposé, et ressort au bout de trois jours beau comme un dieu, quoique très amaigri, presque aussi bien mis et mieux rasé qu'au début de notre histoire quand, animé de désirs insensés, Roland s'extrayait de sa tente au petit matin à l'insu de tous pour essayer d'embrasser le rêve enfoui d'une vie – ô jeune fou, comme tu y allais. De même alors que dans l'aurore balbutiante il avait revêtu une armure sarrasine pour déjouer les barrages, notre Roland (Martin, donc, de la même taille que Riccardo) ne tarde pas à se couvrir de l'armure de Roland, la vraie, donc Roland revêt l'armure de Roland.

Brandimart s'est chargé de la lui apporter et elle est magnifique, il la tient à bout de bras : dix bandes d'acier noir brillant la composent, douze d'or, vingt d'étain, autant de pierres précieuses incrustées sur les brassières et dans le dos, une bonne dizaine d'escarboucles sur les jambes, plus une branche de laurier en relief qui serpente en travers du poitrail, agrémentée de nacre et de jade. Elle lui va comme un gant. Le casque : impressionnant, estampillé de ses initiales en diamants, dessiné par un grand couturier de l'époque. On voit sculpté sur toute la hauteur de l'écu un lion blanc de Timbavati. J'ai utilisé une partie des bijoux offerts par Seznec pour composer cette armure avant de revendre le tout, coffre compris, pour éponger mes dettes et effacer les preuves d'une certaine complicité.

On en arrive au message du film qu'à travers ma version personnelle d'un « Roland malheureux » je souhaite faire passer. Mais j'ignore encore comment, ayant inventé un épilogue sur le papier sans produire aucun rush. Mon épilogue, le voici tel que je l'ai écrit : Après avoir retrouvé son armure et être sorti de l'hôtel remis sur pied, quelques semaines encore seront nécessaires à notre combattant pour être d'attaque, même si de retour en France il trouvera un pays enfin en paix. Je dis combattant car en recouvrant la raison j'imagine un Roland qui est redevenu celui que la tradition a toujours voulu : belliqueux, davantage même qu'auparavant, plus sanguinaire, prêt à en découdre pour rattraper le temps. Il attendra avec impatience une nouvelle guerre, pour patienter s'entraînera contre des mannequins de chiffon.

Les aspirations pacifiques et poétiques du début, que je développe et amplifie dans le film, se sont fait la malle, comme quand après l'idéalisme de la jeunesse on décide, à tort, de devenir soi-disant mûr. Les projets humanitaires ou personnels qu'on ébauche à dix-sept ans terminent souvent, à vingt-cinq, dans le fond d'un tiroir. Ou se transforment : je monterai plus tard une ferme écologique qui emploie du personnel en situation de handicap mental devient : je travaille pour une grosse chaîne agroalimentaire à Issy-les-Moulineaux (et il y a un bègue à l'accueil). Personnellement je le déplore mais la vie est ainsi faite : rares sont ceux qui restent fidèles aux rondeurs de leur jeunesse ; des angles finissent toujours par apparaître dans la pensée, on devient plus carré. Mon film, c'est un message réaliste sur la difficulté (et la nécessité) de rester idéaliste toute sa vie. Sur ce point la fiction, et peut-être en particulier la poésie, aide à toujours espérer.

Pour Roland, donc, finies les infantilités. Le poète est mort, substitué. Place au concret, au solide, à l'utile ; à ce qui constitue une vie d'adulte.

L'absorption de la potion, ai-je continué à écrire dans mon épilogue, lui a également fait oublier Angélique, dont il n'est plus amoureux. Ça aussi c'était immature, irrationnel. Par contre c'est de Marphise dont il est foudroyé lors de son retour en France par le charme ténébreux et le caractère pragmatique qui fera d'elle une bonne épouse, pense-t-il. L'inverse semble vrai aussi. Voyez plutôt la belle famille de bons petits soldats parés pour l'avenir qui est sur le point d'être fondée : la France peut dormir tranquille, elle sera bien gardée.

En attendant de donner corps à cet épilogue, l'objectif est toujours braqué sur Médor qui sort de l'auberge en Roland, magnifique dans l'armure étincelante de l'immense chevalier sous la lumière de midi, l'identité en partie camouflée sous son casque – seuls ses yeux sont visibles à travers le bas de la ventaille et le haut de la mentonnière, le bleu de ses yeux qui détonne mais on peut penser que c'est la lumière qui les éclaircit. Des yeux pleins de volonté, Roland n'a pas dit son dernier mot.

La journée est ensoleillée. Cette ultime séquence de tournage, malgré l'ambiance et les derniers revers de situation, ne se passe pas trop mal et les rushes sont corrects. Martin se dirige agréablement et sauve l'honneur dans tout ce merdier fait de bric et de broc ; il emmène le nouveau personnage de Roland toujours plus loin que ce qu'on espérait, survole mes attentes, même avec si peu de jeu me laisse croire que j'aurais décroché la lune en lui confiant le rôle dès le début, et même un Oscar.

Roland s'avance au centre du port avec, entre lui et les autres, une certaine distance. Disons que ce sont les autres qui n'osent pas encore s'approcher de lui, respectueux de sa tranquillité et impressionnés de le revoir. Telles sont mes recommandations de figuration. Roland marche lentement, il marche bien, c'est joli comment il marche : une manière un peu hésitante pleine de charme, d'un charme inné, et à cause de l'armure légèrement trop grande. Je tourne autour en plan large pour bien le faire voir en entier, de la tête aux pieds.

Le fait qu'il soit tout seul au milieu de rien renvoie à son aspect exceptionnel. Les héros secondaires, à l'écart, commencent à s'approcher en applaudissant. Les applaudissements deviennent plus nombreux, s'intensifient. Les techniciens s'y mettent aussi. Tout le monde applaudit. Des sourires s'accrochent aux lèvres (de nous, l'équipe, et des personnages). Au troisième plan l'eau scintille, c'est le printemps, il fait bon, beau. Un rossignol aligne les trilles. Les insectes frémissent. Quelques bourgeons ont éclos et déjà la légèreté de la reverdie se fait prégnante. On est loin de la pâleur de l'hiver et de la guerre. Ici c'est un peu les vacances. Finalement le groupe d'amis a rejoint le chevalier de lumière au centre de la place recouverte de pavés et on commence à perdre de vue le personnage principal qui se fond dans la foule intime. On sent avec une pointe de nostalgie qu'arrivent la fin de nos mésaventures, parfois tragiques, et le début d'autre chose, d'un renouveau à inventer, à imaginer. Avant le soir le matériel sera remballé, on aura verrouillé les malles et rempli les camions. Chacun retournera à ses occupations personnelles et on ne se reverra peut-être plus. Vous-même, lecteur, refermerez ce livre. Le clap de fin est pour bientôt.

Alors, pour que ce dernier instant soit inoubliable et reste gravé dans les mémoires, je fais monter la caméra, je lui fais prendre de la hauteur, j'essaie de donner un angle de vue marquant aux événements, inouï. La caméra monte en douceur, fixée à un drone. J'ai déjà utilisé cette technique au début du film. Mais là tout l'intérêt de la prise est dans la lenteur de l'ascension. Cette caméra qui s'élève progressivement, c'est censé être touchant. Le film se termine sur un plan aérien du port avec l'eau qui vient battre contre la jetée et le groupe devenu de plus en plus petit, les applaudissements lointains. On voit le début des habitations du coin, la vie parallèle des badauds dans les quartiers voisins qui déchargent des charrettes, se déplacent, pêchent (la vie d'un port africain au Moyen Âge), comme pour signaler que la Terre pendant cette histoire a continué de tourner et qu'il y a d'autres événements à raconter. Qu'une suite est en cours.

À ce moment précis où l'animation alentour se fait sentir, qu'on s'est bien imprégné de l'émotion ambiante, le mot fin apparaît sur l'écran, en jaune et lettres capitales. Derrière, la vue aérienne s'immobilise. Tout ça (le mot fin et le paysage fixe) dure quelques secondes. Puis noir. Et enfin générique.

Le générique : « Heroes » de David Bowie, pour le côté action. Suivi de « Acqua alta » de Jean-Benoît Dunckel et Jonathan Fitoussi, un morceau atmosphérique calme, pour le côté émotion.

Grâce à ce dernier morceau je permets aux spectateurs de sortir en toute tranquillité de la fiction comme à la suite d'un long sommeil. Après quoi chacun prend son temps pour réunir ses affaires dans la salle de projection. Et tout le monde rentre chez soi.

Tout le monde rentre chez soi ou presque car personne n'en est sorti. À l'heure où j'écris ces lignes, deux ans et demi après Amboise, mon film n'a encore été projeté nulle part, ni même monté. Si, à ma grande joie et contre toute attente, le tournage, bien qu'incomplet, a pu être bouclé, les séquences réalisées, pour ce qui m'en reste, moisissent dans des disques durs. Le projet est au point mort.

Tout de suite après le tournage, alors que je m'apprêtais à entrer en post-production pour assembler mes images, mettre du son, parfaire mon œuvre, les banques ont bloqué mes comptes. L'agence qui avait pris le contrôle ne voulait plus débloquer de fonds, la déléguée ayant fait remonter l'information que le film ne valait pas le coup d'être appuyé davantage, au moins pour le moment.

J'eus tout de même un espoir pendant quelques semaines en la personne d'un Américain, un certain Donald Wilkinson, directeur de production à Los Angeles qui travaille en lien avec un gros bonnet des studios hollywoodiens. L'homme passa par ma maison d'édition pour m'écrire, il me connaissait comme auteur et avait eu vent de mes intentions cinématographiques. *Roland furieux*, il connaissait aussi et même plutôt bien. Aux États-Unis circulent de nombreuses traductions, tout comme dans beaucoup d'autres endroits du monde, soutenait-il ; le livre a une renommée planétaire. Grâce à cette notoriété, il pouvait me décrocher des droits de diffusion télévisuelle dans une cinquantaine de pays, de quoi m'apporter une belle petite somme pour la dernière main. Et il me ferait passer par le circuit des studios hollywoodiens pour tout le côté marketing. Nous convînmes d'un rendez-vous à Paris mais le visionnage des rushes le laissa dubitatif. Il voulait davantage de nudité, que les héros se présentent avec des slips en peau de bête, le corps huilé, les muscles saillants. Genre péplum, style antique. Et des combats plus sensuels. Pour toucher le grand public, mon film devait à ses yeux devenir plus lisse, plus convenu, gorgé de beaux sentiments qui affleurent et un thème musical fleur bleue. C'était sa conception, pas la mienne.

Une fois de plus mes espoirs s'envolaient et je fis une croix sur cet investisseur. Les mois passèrent au cours desquels je déprimai en voyant mon travail au point mort, impossible à poursuivre, tout cela contre ma volonté. J'étais incapable d'accepter l'idée de lâcher ce à quoi je m'étais tant accroché et qui représentait l'essence de ma vie. D'une manière ou d'une autre, je devais m'occuper, continuer à me battre pour mes rêves. Comment ? Le sort s'acharnait sur moi. Au cours de cette période difficile, je revis Marabella plusieurs fois pour parler de son contrat mais également pour le plaisir de se revoir, d'évoquer le film, de faire remonter des souvenirs. C'est elle en général qui m'appelait quand elle était de passage à Paris, elle aimait qu'on se voie dans des parcs et je ressortais de nos rendez-vous le cœur léger. Cette femme que je trouvais hautement classe et qui avait si bien investi le rôle de Bradamante me procurait plaisir et réconfort. Le tournage nous avait rapprochés, indéniablement. Notre relation, c'était peut-être la plus belle réussite de mon film. Elle était très proche aussi de l'actrice qui avait joué Marphise et que je soupçonnais d'être amoureuse d'elle. Quand on ne se voyait pas, Marabella m'écrivait depuis New York, la correspondance dure encore maintenant. Je crois qu'entre nous il y a plus que de l'amitié mais rien n'est officiel.

Mon éditeur finit par m'appeler au milieu de l'été qui suivit la fin du tournage. Il voulait avoir de mes nouvelles. Mes lecteurs s'impatientaient, rapportait-il. Je n'avais plus écrit de roman depuis un an et demi, le temps venait de s'y remettre, ne serait-ce que pour renflouer les caisses.

Je l'ai déjà dit : j'écris pour l'argent et je ne crois pas avoir beaucoup de talent. Mais ça marche. Je suis lu et ce que je fais existe. Sans perdre l'espoir de finaliser un jour mon film, j'ai alors ressenti le besoin d'écrire un récit sur le tournage de ce long métrage, pour partager mon expérience et rendre mon film vivant, autrement. Je m'y suis donc remis. J'ai écrit un livre. L'ouvrage rédigé, vous l'avez sous vos yeux. Je n'apporte rien encore au cinéma mais mon film s'est projeté quelque part : dans votre tête de lecteur. Ça me console du reste. Par une voie détournée je suis arrivé à mes fins. Et rien ni personne ne m'en a empêché. J'ai juste eu besoin de feuilles et d'un ordinateur.

Rester chez moi, seul, à écrire des livres sans trop chercher à bien faire : ce n'est pas ce que je préfère mais c'est encore ce que je réalise de mieux.

Générique

Dans les rôles de

Roland	Riccardo Zacchetti alias Ric Washinton / Martin Glove
Angélique	Isabelle George
Bradamante	Barbarella Bridget-Connors, dite Marabella
Roger	Julian Capucin
Renaud	Justin Nantucket
Rodomont	Hacem Abidi
Astolphe	William O'Brian
Agramant	Ibse Malikluc
Mandricard	Uk Torváck
Atlante	André Pivert (incarne en alternance le père Fouras dans *Fort Boyard*)
Médor	Martin Glove

Cloridan	Arthur Océan
Marphise / la fée Mélisse / la fée Alcine	Catherine Futur
Charlemagne	Jean-Pierre Plantin
Brunel	Harry Kautrock
Flynn	Cédric Chevron du Mieux
Blancandrin	Charlie Bloom
Doralice	Katerina Kourkov
Ferragus	Jean-Claude Maf
Sacripant	Robert Bof
Richardet (scène coupée)	Ambigam Boranus
Fleur-d'Épine (scène coupée)	Camille Gouffre de Cabrespierre
Isabelle	Anne d'Autriche
Zerbin	Serge Supercinq
Fleur-de-Lys	Muriel Pic
Brandimart	Félix Guérin Merveille
Olivier	Olivier Portefaix
Sanson	Jérôme Châteauvrillé
Ulanie ambassadrice d'Islande	Eva Livingstone
Rick, Nick and Sick	les frères Ness
L'aubergiste 1	Georges Elizabeth et sa femme Monique
L'aubergiste 2	Gérard-Lou Chrétien, assisté de Marc Cinq Mars la Pile
L'hôte d'Angélique et Médor	Maurice de La Lande

Équipe technique

Assistant réalisateur, réalisateur de seconde équipe, directeur de casting	Marc Petit-Ange
Chef-électricien / chef-machiniste	Philippe Roussin
Cadreur	Bertrand Da
Régisseur/accessoiriste	Régis Ducasse
Maquillage/costumes	Véronique Promotélis, assistée d'Hélène Le Père Port Égide
Superviseur décor	Jean-Pierre Malvoise
Régleur cascades	Mikhaïl Chevalier d'Arpin, dit Thor
Doublure cascades / régleur adjoint	Sebastian Cornioricone
Doublure cascades	Sylvain Juste
Torche humaine	Johanna Itilit
Doublure cascades / la fée Alcide	Isabelle Presque-Sûr
Psychologue	Estelle du Laurier
Agente de Riccardo	Deborah More
Agente de Deborah More	Sabine
Vigile	Casimir Doux Plaisir, dit Malabar
Tout le reste	Moi

Musique

« Ride into the Sun », Lou Reed	cavalcade d'Angélique et Renaud
« Lost in the K-Hole », The Chemical Brothers	combat de Mandricard et Rodomont
« Brothers in Arms », Dire Straits	champ après la bataille
« We Are Young », fun., (feat. Janelle Monáe)	idylle d'Angélique et Médor
« Blue Monday », New Order	dans la discothèque (scène du « palais enchanté »)
« When the Smoke Is Going Down », Scorpions	Bradamante entamée mais forte dans l'épreuve
« Main Loop », Pavel Milyakov	Astolphe sur la Lune (séquence non réalisée)
« Heroes », David Bowie	générique de fin 1ère partie (action)
« Acqua alta », Jean-Benoît Dunckel et Jonathan Fitoussi	générique de fin 2e partie (calme)

à l'écoute ici

Le réalisateur remercie tout particulièrement

Henri Sign
Charles Événement
Pascal Saint-Affrique
Théodore Trincodouin
Les gens de Maldoror
Frédéric, Clara, Maxime et leur famille
La troupe de cascadeurs Les Étoiles de Montrouge
La Région Pays de la Loire
La Région PACA
Les studios Sign & Cie
Les Studios de la Victoire
Les marques Cosmetic Blouse et African Velvet

Et tous les figurants : Édouard Sept, Stéphanie Ramirez, Nicolas Trouble, Bernard Joss, Étienne Mons-Santos, Philippine Da Costa, Bruno La Fièvre, Jacqueline Buissonneau, Henri Couverge, Dan Pomez, Charline Denormandie, Pomme Malemort, Chantal Moufle, Casper Lentretien, Novecenta Incontinento, Sylvie Delamare, Sandrine Rescapé, Servane Fourniret, Eva Marie Saint, Christophe Carco, Laure Bonvoisin, Alan Toulouse, Émeline Carcassone, Mélanie A. Forest, Emmanuel Perec-Thomson.

L'auteur remercie le Centre national du livre pour la bourse dont il a bénéficié et la Région Occitanie. Il a par ailleurs séjourné à la Maison Julien Gracq, à la Villa Marguerite Yourcenar et à la maison De Pure Fiction pendant l'écriture de ce roman. Ses remerciements vont aux équipes, résidents et comités de lecture de ces établissements, en particulier Emmanuel Ruben, Jérémy Fabre, Margaux Hoinard, Marianne Petit, Françoise Bultez, Virginie Demey, Béatrice Decool, Pascal Vaneechoutte, Isabel Desesquelle, Éric Cherrière, Cristal.

L'auteur remercie encore Raphaël Zarka pour son idée lumineuse, Patricia Victorin pour son accueil à l'Université Bretagne Sud, Fanny Eouzan pour ses précieux renseignements sur *Roland furieux*, Xabi Molia pour son œil de cinéaste, Blandine la divine pour ses judicieuses relectures, et Martin le fils exquis.

RÉALISATION : NORD COMPO À VILLENEUVE-D'ASCQ
IMPRESSION : CPI FRANCE
DÉPÔT LÉGAL : JANVIER 2023. N° 152419 (172126)
Imprimé en France